U0505106

中华自强励志书系

当幸福逆袭

WHEN HAPPINESS STRIKES BACK

卢玲 著

人民出版社

图书馆是我从小到大最爱去的地方

在江津融媒体中心主持节目

出席重庆市残疾人联合会代表大会

实现了轮椅上的舞台梦

应邀走进学校作励志报告

参加"最美巴渝·感动重庆月度人物"颁奖典礼

在重庆电视台和恩师（张大诺）录制节目

感恩重庆华美电力设备有限责任公司徐总对我
出版书籍的大力支持

序言

一个幸福家庭的诞生史

一个十岁小女孩，笑容灿烂，站在台阶上，张开双臂，仰头看着镜头；她的后面，姥爷也张开双臂，微笑着看着前方；台阶的下面，她的爸爸、妈妈、姥姥歪着头，喜滋滋地看着小女孩……

这样的画面，被我拍进了照片中。

这样一张照片，来自重庆市江津区评选的一个"最美家庭"，家庭的主角不是这个小女孩，而是小女孩的母亲，轮椅上的残疾作家——卢玲，也是本书的作者。

这本书，我义务指导了四年，这四年中，我其实一直处于好奇之中：

一个从没有上过学、从没有走过路的残疾女孩，怎么会有了美好的爱情、美满的家庭、美丽的女儿？而现在还有了一个117平方米的属于自己的新居。

这几乎是一个圆满的不能再圆满、奇妙的不能再奇妙的故事。

了解卢玲的人都知道，她的性格非常温和，甚至可以说是"温润"，她的内心似乎有着强大的自我调和的能力。

慢慢想来，我突然发现，有些残疾朋友到了"某个时候"，会不知不觉处在一种"对比"之中：

　　只要一有烦恼，就能想起过去"残疾带来的所有磨难"，对比之下，就会觉得现在的烦恼不算什么，内心就会再度平静、知足、温和。

　　残疾带来的痛苦，不再是痛苦，而是当下生活的"提醒"与"自我保护"，从这个意义上说，残疾的人，经历过大的人生困境的人，是最接近幸福的人。

　　只不过，真的能够"享受"这种对比，必须要有强大的生命力量，必须真的完全走出了那些痛苦。

　　一如卢玲，自小被学校老师拒之门外，她就想尽办法自学，包括跟着录音磁带学习拼音……

　　一如卢玲，克服众人的不解与白眼，勇敢接受了一个健康男孩的爱。

　　一如卢玲，不顾医生劝阻，冒着生命危险，在轮椅和床上度过了艰难的八个多月，生下可爱的女儿。

　　真的走出了自我的人生困境，就可以用整个余生——每时每刻地去享受——"自我对比"后的欢欣与幸福。

　　一如卢玲。

　　而接下来，更有意思的事情就发生了。

　　对于一个家来说，女主人身体重残竟然如此从容淡定，她所爱的人，自然会被感染，自己也会更加从容。这个家庭，一股恒定的从容气氛贯穿始终；而孩子，在这样的氛围中长大，就会拥有持久稳定的快乐幸福；而孩子的快乐幸福，又强化了这个家庭的从容大气，最终形成这个"家"、这个"最美家庭"的最美磁场。

　　残疾人的家庭，是心灵上最接近幸福的家庭。

　　看着这本书，看着卢玲三十多年的人生故事，我真的觉得，在她当初凭一己之力全力对抗痛苦的时候，实际上，她是为未来的自己、未来的家庭积蓄着力量，她是未来那个"家"里——在身体上需要照顾的人，但也是——在精神层面照顾整个家庭的人，也因此，她吃的所有苦、克服的所有困难，都是值得的，并最终成为她日后最大的最奢华的精神"陪嫁"。

卢玲的书，其实是一个幸福的家庭诞生史，你……不想看一看吗？

张大诺

（全国十佳生命关怀志愿者　本书指导老师）

目录 contents

引　言

　　上午，我坐在阳光照射着的窗前，若有所思地望着手里的一张全家福照片，目光久久地停留在照片里的画面上，回想着当时拍照的情景：

　　春风吹拂的院子里，我坐在轮椅上微笑着望着前面，身后站着同样微笑的丈夫，他双手推着我的轮椅扶手；在他的左边，慈祥的母亲满眼欢喜地望着前面的摄影师，开心地对我说："玲玲，有你老师给我们全家人照相真好，我们要笑得高兴一些！"听了母亲的话，我脸上的笑容变得更加甜美了；右边的台阶上，站着面带微笑的父亲，还有活泼可爱的女儿，她笑眯眯地站在我父亲前面，伸开双臂牵着我父亲的手，在我父亲的宠爱和保护下，一边做着飞翔的姿势，一边天真地说："外公，我要牵着你的手，这样就像鸟儿张开翅膀在飞一样，我也想像鸟儿那样飞起来……"

　　想着如此温馨的画面，我不自觉地又笑了，又想起为我拍这张照片的恩师——张大诺。他专程从北京来家里看我，这是他通过电话指导我写作两年多，第一次和我这个特殊的学生见面。那天下午，他为了给我拍好全家福，拿着相机一会儿走到前面的台阶上，一会儿弯着腰调试镜头，一会儿蹲下身抓拍画面，完全不顾这样拍照的辛苦，老师始终微笑着引导我们看镜头……

2013 年照的全家福

想着这些，我的心里充满了幸福和温暖。

也就在这个时候，我突然觉得自己 32 年的人生其实很奇妙，我竟把许多人眼里的"不可能"，变成了"可能"，一个双腿瘫痪坐轮椅的女孩，竟然同样拥有一个幸福完整的家，而且还得到许多的荣誉，甚至有了世上最好的老师，并在他的帮助和指导下，写出了一部实现我生命价值的书。

而这一切，又是怎么发生的呢?

第一章

我渴望上学

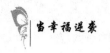

窗前的泪眼

1993 年 9 月的一天，落日的余晖斜照着冷清的院子，阵阵秋风吹动着院子边发黄的树叶……

十二岁的我，穿着一件花布衣，扎着两条羊角辫，独自坐在屋里靠窗的写字台边，满眼期待地望着窗外那条小路，盼着邻居家的小伙伴放学回来，给我看他们书包里的课本。

"瘫子娃，你又在等那些娃回来和你玩吗？"一个阿姨扛着锄头从窗外经过时，用嘲笑的语气对我说，"叫你妈背你到学校去和他们玩吧，你一个人在屋里像看家狗一样。"

听到那个阿姨嘲讽我的话，我迅速转过头瞪大双眼盯着她，心里顿时冒出一股怒气——我讨厌别人叫我瘫子娃，讨厌别人说我像"看家狗"。我皱着眉头脸涨得通红，胸脯随着呼呼的粗气快速地起伏着，双手"啪"的一声拍在面前的写字台上，气呼呼地冲着她大声吼："我不叫'瘫子娃'！我不是'看家狗'！"

那个阿姨藐视我一眼，冷笑着边走边说："嘿嘿，瘫子娃，走不动还这么凶。"

我坐在椅子上挺着胸昂着头，满眼气怒地瞪着她往前走的身影，不服气地在心里想：我走不动怎么了，走不动就好欺负吗？你想都别想，我又不是给你欺负的！我鼓着一双铜铃似的大眼睛瞪着她，直到她走过我的视线，我才消气地眨了一下眼睛。

这时，院门口的小黑狗"汪汪"叫了两声。

我转过眼看了看院门口的小黑狗，看到它被一根铁链拴在门框上，哪儿也去不了。

为什么我不能走路，为什么学校不要我去读书，为什么别人总是嘲笑我……我若有所思地望着小狗越想越难过，眼泪汪汪地低下头望着双腿，不明白自己为什么和别人不一样，只知道医生说我永远都不能行走。

不能哭，不许哭，我要做一个有用的人！我抿着唇深吸一口气，脑子里忽然响起一个响亮的声音，仿佛是在提醒我内心深处的志向——要做一个有用的人！这个声音使我止住了心里的难过，我抬起头眨了眨模糊的泪眼，一边用双手擦干脸上的眼泪，一边又向窗外那条小路望去……

八岁留影

第二天上午，阳光很明媚。

母亲背着我走在赶集的路上，我忽闪着一双明亮的大眼睛，一会儿偏过头去望望那边的高楼，一会儿又转过头来看看这边

的田野，觉得眼前的一切都那么好看。

"春眠不觉晓，处处闻啼鸟……"

母亲背着我经过一所学校时，我听到教室里传来朗朗的读书声，于是偏着头伸长脖子一边望着对面那间开着窗的教室，一边笑眯眯地对母亲说："妈妈，背我过去看看吧!"

"好吧。"母亲背着我走到那间教室的窗前，站在那里静静地陪我看。

我满眼欢喜地望着窗内明亮的教室，看到同学们端正地坐在课桌边，目光一致地看着站在黑板前的老师，跟着老师一起大声地读书。我把目光投向站在黑板前的老师，看到她穿着一条漂亮的白裙子，披着一头乌黑的长发，戴着一副金丝边的眼镜，手里拿着一本书，一句一句地教同学们读书。

我目不转睛地望着教室里的老师，全神贯注地听她教同学们读古诗，仿佛感觉自己也坐在教室里，竟不知不觉地也跟着一起大声地读："春眠不觉晓，处处闻啼鸟……"

这时，教室里的许多同学都停止了读书，他们都转过头来望着窗外的我。那位老师也停止了读声，她转过头来看了看我，然后朝我走过来。

我回过神望着走过来的老师，闭着口有些激动地想：老师是不是要跟我说什么？她是不是来叫我进教室去读书？

望着走到面前的老师，我高兴地张开口想对她说什么，可话还没出口，她伸手"刷"地一下拉严了窗帘，瞬间把我的视线完全隔断了。我顿时傻了似的怔住了，张着口却说不出话来，我没有想到，老师走过来什么都没有对我说，只是毫不犹豫地拉严了窗帘。

是我打扰他们读书了吗？我眼泪汪汪地望着遮挡教室的窗

帘，意识到自己影响了老师上课，悄悄地在心里说："老师，请让我再多看一眼吧，我不会读出声了……"

母亲见老师拉严了窗帘，背着我慢慢地走了。我在母亲的背上偏着头，用模糊的泪眼不舍地回望着那扇窗……

梦中的老师

"丁零零——"

清脆的上课铃声震响了明亮的教室，惊扰了坐在课桌边环视四周的我，我眨了眨望着板报的眼睛，收回目光偏着头向窗外的操场望去，看见那些在外面玩的同学听到铃声，争先恐后地跑进教室来，各自回到座位上端正地坐好，等着老师来上课。

这时，教室门外走进来一位老师，我迅速转过头将目光迎上去，满眼欢喜地望着她，看到她高高瘦瘦的个子，穿着一条漂亮的白色连衣裙，披着一头乌黑的长发，白皙的脸上露着微笑，高高的鼻梁上戴着一副金边眼镜。她不慌不忙地走到讲台上的黑板前，拿着半截粉笔在黑板上写字。

我静静地端坐在课桌边，目不转睛地望着站在黑板前的老师，仿佛是在望着一位期待了很长时间，现在终于见到面的人，心里充满了如愿以偿的欢喜。我笑眯眯地望着她，心里乐滋滋地想：我有老师了！我也坐在教室里上课了！

"同学们，把我写在黑板上的题抄在本子上，然后在括号里算出答案。"老师在黑板上写好几道计算题，转过身来说。

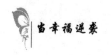

　　我眨了眨注视着老师的大眼睛，连忙拿起放在面前的笔和本子，抬起眼看了看黑板上的题，又垂下眼睛盯着笔尖和本子，认真地抄写着那些计算题……不知过了多长时间，我抄完最后一道题，这才停下手里的笔，然后掰着手指头，一道一道地计算着这些题的答案。

　　"15 + 15 = （　　）"

　　我看了看本子上的这道题，又看了看双手伸着的十个手指，心里感到犯难了，不知道该怎样计算出这道题。我皱着眉头望着双手的十个手指，撅着嘴想：没有这么多手指计算了，这道题等于几呢？我缓缓抬起右手挠了挠后脑勺，顺眼看见老师正朝我走过来，于是用手指着本子上的这道题，歪着脑袋满眼困惑地问老师："老师，这道题怎么做呢？"

　　"来，我教你！"老师站在身边微笑着弯下腰，一边用手指着本子上的题，一边耐心地给我讲解计算方法。

　　我偏着头不眨眼地望着身边的老师，认真地听她讲解着怎样计算这道题，发现她的声音很好听，就像山间潺潺流淌的溪水一样悦耳。老师的声音就像有魔法一样，深深地吸引着我的注意力，使我很快就明白了怎样计算这道题。我伏在课桌边拿着笔和本子，用老师教我的方法计算出了答案，然后又抬起眼望着老师，轻声问她："老师，我做对了吗？"

　　老师弯下身看了看我做的题，一边用手里的红笔在本子上打勾，一边微笑着亲切地夸我："你真聪明，全都做对了！"

　　听到老师夸我全都做对了，我心里就像吃了蜜一样甜，红润的脸上乐得露出两个小酒窝。我满眼喜悦地看了看本子上的红勾，又转过头笑盈盈地望着身边的老师，她正面带微笑看着我，眼神透过镜片传递出亲切感。我高兴地拍着双手笑着欢呼：

"太好啦，我全都做对了，我有老师教我做题了!"

我笑着笑着，一下子睁开双眼醒了，看见明亮的教室变成了简陋的小屋，我恍恍惚惚地垂下睫毛看了看面前，发现自己没有坐在课桌边，而是躺在小屋里的单人床上。"老师，老师呢?"我忽然想起站在身边微笑的老师，慌忙偏过头四处张望，用急切的目光在屋里寻找老师。可静悄悄的屋里除了我，根本就没有其他人，根本就没有老师的身影，老师不见了，面前只有一缕耀眼的朝阳光，通过窗户照射在我脸上，把我的眼睛刺得很痛。我眨了一下被阳光刺痛的眼睛，转过头来望着天花板，顿时清醒了，原来刚才的一切都是在做梦，心里瞬间充满了悲伤和绝望。

老师……老师……

我眼泪汪汪地在心里呼唤着老师，难过得仿佛心都要碎了。我心痛地抿紧嘴唇，垂下睫毛闭紧湿润的双眼，不想睁开，不想醒来，只想回到刚才的梦中，只想回到老师的身边，只想再看看梦中的老师。可我闭着眼还是看不见老师的身影，眼睛里只有如泉涌般的泪水，止不住地顺着眼角滑落下来。

我终于有课本了

中午，母亲赶集回来时，走进房间放下背上的背篓，有些神秘地对我说:"玲玲，你猜妈给你买的什么东西?"

我坐在写字台边转过身，满眼疑惑地望着旁边的背篓，看

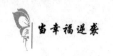

见里面装着一个胀鼓鼓的布包，不知道包里是什么，好奇地问："妈，你给我买的什么？"

母亲拿起背篓里的布包，走过来放在我面前的写字台上，用手拉开布包的拉链，微笑着说："你不是喜欢看书吗，妈给你买了很多书。"

我望着母亲打开的布包，看见里面装着厚厚的一叠新书，意外而又高兴地说："哇，这么多书啊！"

母亲拿出包里的那些书递给我，我急忙伸手去接，仿佛是在接一样我渴望已久的礼物，心里充满了终于得到礼物时的欢喜。我高兴地接过书放在腿上，低着头目不转睛地望着最上面这本，看到封面上的图画很熟悉，中间还有很醒目的"语文"两个字，忽然想起邻居家小伙伴的语文课本，发现这书和那课本一模一样，顿时意外地睁大双眼盯着书，惊喜地脱口说道："呀，是一年级的语文书！"我以为母亲给我买的又是图画书，没想到竟是我做梦都想要的课本，高兴得脸上露出了两个小酒窝。

我双手抚摸着这本书的封面，仿佛是在抚摸一样珍贵的宝贝，乐滋滋地在心里想：我也有课本了，以后我不用每天等小伙伴放学了，不用每天向他们要书看了！我爱不释手地在书面上抚摸了一会，一边用左手轻轻拿起语文书，一边把目光移到下面一本书上，想看下面一本是什么书。当我把目光移到下面一本书上时，意外而又惊喜地脱口又说："呀，还有数学书啊！"我急忙放下左手拿着的语文书，欣喜若狂地捧起数学书看了又看，高兴得就像又得到了一样宝贝，乐得脸上的笑容变得更灿烂了。我满眼喜悦地望着数学书看了看，然后又拿起下面几本书来看，发现还有音乐书、美术书、思想品德书……全都是一年级的课本。

"太好了，太好了，我也有课本了!"我高兴地把这些书抱在胸前欢呼着，就像得到了世上最好的礼物一样，心里充满了从来没有过的欢喜。

我笑眯眯地抱着这些书高兴了一阵，然后把书放在面前的写字台上，微低着头伏在写字台边，用手轻轻翻开崭新的语文书，认认真真地看起来。我全神贯注地盯着手里翻开的书，两颗眸子在眼眶里缓缓移动着，书上那些端正的字体和好看的图画，就像有魔法似的吸引了我的目光，使我津津有味地看完这一页，又翻开了下一页……

望着书上那些形状各异的拼音，还有那些我一个都不认识的生字，我皱着眉头疑惑不解地在心里想：这些拼音和字读什么呢?我抬起右手撑在写字台上托着下巴，若有所思地望着书想了想，还是不知道读什么。"唉!"我撅着嘴轻声叹了一口气，缓缓放下托着下巴的右手，慢慢转过头看到母亲在门口扫地，瞬间仿佛看到了能得到答案的希望，急忙用手指着书问母亲："妈，这些拼音和字读什么呢?"

"我看看吧，"母亲放下扫帚走过来，弯着腰看着面前的书想了想说，"妈也不认识这些拼音和字。"

"哦!"我失望地撅着嘴小声应道。

望着母亲转过身去扫地的背影，我忽然想起她没有读过多少书，拼音就更不认识了。我抿着唇眨了眨望着母亲的眼睛，慢慢转过头又望着面前的书，看着书上那些陌生的生字和拼音，若有所思地又在心里想：这些拼音和字到底读什么呢?

我目不转睛地盯着书想了一会儿，又拿着书往后面翻了几页，想从后面几页中看懂一些什么，可后面的内容和前面的一

样陌生，我还是一个都看不懂。唉！我皱着眉头又叹了一口气，心里很想知道这些拼音和字读什么，可又不知道该去问谁。我缓缓抬起眼望着窗外的院子，看到梧桐树上还没掉完的几片黄叶，不肯放弃地在心里想：一定会有办法认识这些拼音和生字，我一定会学会，一定会学会！

到底该怎么读呢

夕阳渐渐落到了山边，我还坐在院子里看着语文书，百思不解地想：这些拼音怎么读呢？

这时，一位阿姨来找我母亲，她见我母亲不在家，就在旁边的凳子上坐下来等。阿姨见我认真地看着书上的拼音，轻声问我："你认识这些拼音吗？"

"不认识，"我摇了摇头，望着阿姨说，"阿姨，你能教我吗？"

"我看看。"阿姨说着，伸手来拿书。

我连忙把手里的书递给阿姨，心里突然对她产生了一种希望，悄悄地想：阿姨一定认识这些拼音，她一定会教我怎么读。这么一想，我脸上的愁容立刻变成了笑容，心里的困惑一下子变成了欣喜。我高兴地坐端正靠着椅子的身体，满眼希望地望着旁边的阿姨，乐滋滋地等着她教我读拼音。

阿姨拿着书看了看，然后把书放在我腿上，用手指着一个拼音对我说："这个读 a。"

我学着阿姨的样子，张开口跟着读了一声："a"。

"对，就是这样读的。"阿姨笑了笑。

听到阿姨这么说，我也高兴地笑了，突然觉得读拼音其实很简单，只要张开口像打哈欠一样发声就行，并没有我想的那么难。我笑眯眯地望着腿上的书，看着那个被我读出来的"a"，心里充满了胜利的欢喜。

"阿姨，这个怎么读呢？"我指着书上一个圆形的字母，又问阿姨。

阿姨盯着那个字母看了看，又教我读："o"。

"o"，我又学着阿姨的样子读。

我读着读着，忽然注意到每个字母的旁边，都有四个戴着"帽子"的拼音：ā、á、ǎ、à、ō、ó、ǒ、ò、ē、é、ě、è……我盯着这些奇怪的拼音，不知道是什么意思，抬起眼望着旁边的阿姨，疑惑地又问："阿姨，这些拼音怎么读呢？"

"嗯……我看看。"阿姨看着书沉默起来，似乎也不知道怎么读。

看到阿姨闭着口思考的样子，我心里突然变得有些忐忑不安，生怕阿姨也不知道怎么读，要是阿姨也不会读，就没有人教我了，我就又没有办法学拼音了。我抿着唇静静地望着沉思的阿姨，坐在椅子上没有动身体的任何部位，也没有发出一丝声音，生怕打断了阿姨的思考。

阿姨盯着书想了片刻，有些不确定地说："可能还是那样读吧。"

"哦。"我以为阿姨会读，放心地又笑了。

我看着那些戴"帽子"的拼音，听阿姨读了一遍，然后大声地读起来："ā——ā——ā——ā（ā、á、ǎ、à）、ō——

ō——ō——ō（ō、ó、ǒ、ò）、ē——ē——ē——ē（ē、é、ě、
è）、……"

这时，妹妹放学回来了。她听到我把每个声调都读成了一
声，就对我说："姐姐，你读错了，不是这样读的。"

妹妹的话打断了我的读声，我抬起眼望着她，疑惑地问：
"怎样读呢?"

"这个 á 不读一声，读二声。"妹妹指着书上这个字母对
我说。

"二声?"我满眼困惑地望着妹妹，听不懂她说的二声是什
么意思，不明白地又问，"二声怎么读呢?"

"二声的声调由低到高，"妹妹用食指从下向上斜着画了一
下，解释说，"就像我的手势这样，声音从下滑向上，读 á。"

我看了看妹妹比划的手势，又看了看她发音时的口型，然
后跟着她一起读了几遍，才学会了读 "á" 这个声调。我认真地
跟着妹妹学会了这个声调，又学另一个声调……

妹妹指着书上的拼音，一个一个地教我读，当她把手指到
"ě" 这个字母时，突然闭上嘴停止了读声。

我见妹妹不读了，有些着急地问："这个怎么读呢?"

"这个……"妹妹拿着书想了想，小声说："昨天老师才教，
我忘了怎么读。"

听到妹妹这么说，我心里顿时感到很失望，仿佛一下子从
平地掉进了深坑，而且是一个没有办法爬起来的深坑，脸上愉
悦的神情瞬间又变成了愁容。"唉!"我望着妹妹失望地叹了一
口气，心里又感到犯难了，不知道还有谁会读这些拼音，也不
知道该找谁来教我。

妹妹放下手里的书，没有安慰我，也没有帮我想办法，她

转身进屋去做作业了。

　　我转过眼又把目光落在面前的书上，看着那些不知道该怎么读的拼音，皱着眉头愁容满面地又想：这些拼音到底该怎么读呢？

第二章

自学汉语拼音

有声无影的"老师"

快到中午了，我一个人坐在窗前的写字台边，无聊地望着窗外下着的雨，静静地等着母亲上街回来……

"吱呀——"随着一声推门声，院门口那扇关着的木门打开了。

我偏过头把目光转向院门口，看见母亲撑着伞从门外走进来，开口就说："妈妈，你回来了啊！"

母亲提着一个塑料袋走进屋，面带微笑对我说："玲玲，妈找到了教你学拼音的老师。"

听到母亲说给我找到了老师，我心里顿时感到非常高兴，惊喜地说："真的呀，太好了！"

我睁着一双大眼睛迅速偏过头，笑盈盈地望向母亲身后的屋门口，心里充满了希望，希望看到屋门外走进来一个人，一个来教我学拼音的老师。我目不转睛地注视着屋门口，迫不及待地想看到来教我的老师，可屋门口连一个人影都没有，毫无动静的门外好像根本就没有人。

我眨了一下望着屋门口的眼睛，转过头有些纳闷地望着旁边的母亲，正想问老师在哪里，这时母亲打开手里提着的塑料袋，从里面拿出一盒磁带递到我面前，微笑着对我说："妈妈在书店看到教拼音的磁带，就给你买回来了，你跟着磁带学吧。"

母亲的话让我感到很意外，我没有想到她给我找到的"老

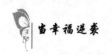

师"，竟是这盒拼音磁带，心里的欢喜瞬间消失得无影无踪。我傻了似的望着旁边的母亲，一下子不知道该说什么，失望地在心里想：原来，妈妈给我找到的"老师"不是一个人，而是一盒拼音磁带……我闭着口缓缓垂下扬着的眼睫毛，目光呆滞地望着面前的磁带盒，心里顿时感到有些难过。

"怎么了，不喜欢吗？"母亲见我不高兴的样子，缩了一下拿着磁带的手。

我抿着唇抬起眼望着母亲，看到她饱含关爱的眼神，还有额头边湿漉漉的几缕头发，突然想到外面下这么大的雨，母亲还特意去书店，一定是为了给我找学习的东西，一定是为了给我买这盒磁带，顿时意识到自己不该显得不高兴。我连忙微笑着掩饰心里的失望，故意装出很高兴的样子，一边伸手去拿母亲手里的磁带，一边笑着对她说："喜欢，喜欢！"

我双手接过磁带放在腿上，低着头沉默不语地望着盒子封面，看到盒子上封着一层透明的塑料膜，上面画着色彩鲜艳的图画：两个戴着红领巾的学生，坐在一间教室里的课桌边，她们面前各自放着一本书，目不转睛地望着站在黑板前的老师……

我不眨眼地看了看图画上的学生，又把目光移到图画上的老师身上，不由自主地用手抚摸着那位老师，若有所思地在心里想：别人都能看见自己的老师，都能看见老师上课时的样子，可我却看不见磁带里的"老师"，我的"老师"只有声音，没有人影……我眼泪汪汪地望着磁带盒上的老师，心里越想越感到委屈和难过，眼泪竟不知不觉地涌出眼眶，顺着脸颊滑落下来。

我难过地咬着嘴唇垂下眼睫毛，闭紧湿热而又模糊的双眼，想止住不停涌出眼眶的眼泪，可眼泪就像有穿透力似的冲过睫毛，控制不住地流湿了我消瘦的脸颊。为什么我不能像别人那样看见老师，为什么我的"老师"只有声音，没有人影，为什么，为什么……我闭着眼难过地想着这些，心里痛得仿佛快要窒息一样难受。

　　我低着头难过地流了一会眼泪，缓缓扬起睫毛睁开模糊的泪眼，不想放弃地又望着腿上的磁带，一边抬起手擦干脸上的眼泪，一边在心里安慰鼓励自己：没有老师教，我就跟着磁带学，我一定能学会！

我就不信学不会

　　吃过午饭，我坐在书桌边的收录机前，认真地跟着"磁带老师"学拼音。

　　"张大嘴巴 ā——ā——ā——"

　　磁带老师每读一个字母前，都会先说明读这个字母的口型，使我一听就明白了怎样发音。我目不转睛地望着面前的收录机，仿佛是在望着给我上课的"老师"，专心地跟着她一句一句地读……

　　"声音向下再向上，ě——ě——ě——"

　　听到ě这个读音时，我张着口突然读不出这个声调了，不知该把嘴巴张大读，还是该把嘴巴闭小读。

　　我愣愣地望着正在读拼音的收录机，就像是一个听不懂老

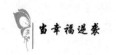

师讲话的学生，不知道她是怎样读的这个声调。我呆呆地望着收录机听了一会儿，后面的声调一句都没有听懂，只好伸手按下收录机的倒带键，把磁带倒回去重听。

"声音向下再向上，ě——ě——ě——"磁带老师重复着刚才的话。

"ě——ě——ě（ě），ě——ě——ě（ě），……"我半张着口跟着磁带读了几遍，始终没有读对声调，总是把三声读成了二声。

听到自己读的声调全都错了，我闭上口望着收录机纳闷地想：怎样才能读对ě这个声调呢？我一动不动地靠着椅子想来想去，还是不知道该怎么读，心里感到很困惑。

"唉！"我想不出解决这个问题的办法，有些气馁地叹了一口气，低下头望着地面又想：学拼音怎么这么难呀，干脆不学了！我撅着嘴望着地面，脑子里刚闪过想放弃的念头，心里又很不甘心，不服输地又想：不，我偏要学，别人都能学会，我凭什么学不会，我又不比他们笨，我就不信学不会！这么一想，我心里顿时又充满了自信，决心一定要学会所有的字母和声调。

我抬起头又望着面前的收录机，决定又把磁带倒回去重头播放，重新跟着磁带读。我伸手又按下收录机的倒带键，看到舱门里的磁带又快速往回倒转，就像一个已经走了很长一段路的人，又被拉回到起点，又要重头走。我目不转睛地望着倒转着的磁带，信心十足地在心里想：不管把磁带倒放多少遍，不管听多少遍，不管读多少遍，我一定要学会为止！

我信心满满地坐端靠着椅子的身体，转过眼看了看旁边放着的语文书，忽然想起磁带和语文书是同步的，磁带里读的字母和声调，就是语文书上的那些字母和声调。有了！我可以一边看着书，一边跟着磁带读，这样就知道读的哪个声调了。想到这里，我顿时有了解决问题的办法，脸上立刻露出了笑容。我急忙拿起旁边的语文书，一边翻开来看着上面的拼音，一边听着磁带的读音："声音向下再向上，ě——ě——ě——"。

我认真地听着"磁带老师"读这个声调，不眨眼地盯着书上对应的这个字母，发现这个字母头上标着的符号"ⅴ"，就像"磁带老师"说的那样，笔画先从上向下降，再从下向上升。我目不转睛地盯着这个符号，一边用食指在书上照着符号样子画，一边小声地重复着"磁带老师"的话："声音向下再向上，声音向下再向上……"我若有所思地想着这句话的意思，突然间恍然大悟，一下子明白了该怎么读这个声调，皱着的眉头瞬间展开了。

我抬起眼放下手里的书，望着面前正在读这个字母的收录机，半张开口向两边展开成扁形，跟着磁带一起读了一声："ě——"。

听到自己读的声调和磁带读的一样，我高兴地翘起嘴角笑了，心里就像吃了蜜一样甜。我笑眯眯地望着面前的收录机，想跟着磁带继续读这个声调，可这时磁带又开始读另一个字母了，我急忙又伸出右手按下倒带键，又把磁带倒回去重头播放，然后跟着磁带一遍又一遍地读："ě——ě——ě——，ě——ě——ě——……"

我连续读了许多遍才停下来，觉得自己就像是一个不会说话的人，终于学会了说话，而且发音完全正确，心里充满了成功的欢喜，高兴得眼睛都笑弯了。我双手捧着语文书贴在胸前，笑盈盈地转过头望着窗外的院子，对着正在院子里干活的爸妈欢呼："我学会了！我终于学会了！"

夜里的读书声

夜色笼罩着窗外的院子，凉飕飕的晚风透过纱窗吹进卧室，轻轻吹动着未拉严的窗帘。

我坐在亮着台灯的写字台边，双手捧着语文书，目光专注地看着书上的拼音，认真地读着字母和声调："b——à——bà（爸）、m——ā——mā（妈）、f——ó——fó（佛）……"

卧室门外的客厅开着电视，热闹的电视声音从门外传进来，好像在演什么精彩的节目。父亲和母亲坐在客厅的沙发上，他们轻言细语地说着什么，好像在商量什么事情。

我没有注意听电视里演的什么，也没有注意听父母说的话，只顾着一遍又一遍地专心读拼音：

"j——ī——jī（鸡）"

"q——ī——qī（期）"

"x——ī——xī（西）"

"……"

夜，在我的读书声中渐渐深了。窗外的风还在呼呼地吹着，不但没有减轻，反而越吹越起劲儿，把未拉严的窗帘吹得飘来飘去。

"阿嚏！"我放下手里的书，抬起右手捂着口鼻打了一个喷嚏，感到全身都有些冷，尤其是垂吊着许久未动的双脚，变得又冷又麻木。我顺眼看了看黑漆漆的窗外，用发冷的左手搓了搓有些冰的右手，然后又拿起面前的语文书，继续认真地读着拼音……

不知读了多长时间，客厅又传来母亲和父亲的说话声，母亲叫父亲关了电视，客厅顿时变得很安静，只有拖鞋与地面摩擦的脚步声，在寂静中清晰地朝我卧室走过来。

"玲玲，睡觉了。"母亲走到我旁边，伸手拉严了飘动着的窗帘。

"妈，我想再读一会儿。"我看着手里的书说。

"这么晚了，坐久了会冷，明天再读吧。"母亲说着，不容商量地"收缴"了我的书。

我抬起头望着旁边的母亲，张开口正想叫她把书给我，可话还没出口，就被她"强制性"地抱到了床上。

我躺在床上睁着一双大眼睛，满眼祈求地望着给我盖被子的母亲，心里很想求她让我再读一会儿书，可看到母亲打着哈欠很困倦的样子，我又把想说的话咽了回去——我不想让母亲担心我坐久了会冷，也不想读完书再叫醒母亲来抱我（我一个人上不了床，睡觉的时候需要母亲来抱我），更不想影响母亲休息。我闭着口眨了眨望着母亲的眼睛，轻轻垂下睫毛闭上双眼，假装乖乖地睡觉，想等母亲走了再悄悄地读背拼音。

母亲给我盖好被子，见我闭着眼睡了，轻轻走到写字台边关了台灯，然后转身走出了卧室。

我一动不动地躺在床上，听到房间里没有任何动静了，轻轻扬起睫毛又睁开双眼，看到房间里黑漆漆的，什么东西都看不见。我慢慢抬起盖在被子下面的双手，静静地望着黑暗中的某一处，默默地回想着语文书上的拼音，回想着那些字母和声调的发音。"q——ī——qī（期）"我全神贯注地回想着书上的

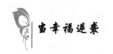

拼音，竟不知不觉地张开口读出了声，尽管声音很小，可还是在寂静中"惊醒"了我，我回过神急忙闭上口止住读声，生怕被隔壁屋睡觉的母亲听见了。我屏住呼吸一动不动地躺在床上，仔细听着屋外有没有什么动静，就像小偷偷了东西一样心虚，生怕母亲发现我还没有睡。

我集中听力静静地听了一会儿，没有听到屋外有什么动静，这才放心地动了一下抓着被子的手，轻轻张开口舒了一口气。

我慢慢翻过身平躺在床上，睁着眼望着什么也看不见的房间，感觉黑漆漆的房间里异常的寂静，静得让我感到有些困倦。我抿着嘴唇眨了眨有些无神的眼睛，缓缓垂下睫毛很想闭上眼睡觉，上眼皮和下眼皮刚要合拢，脑子里立刻又浮现出书上的拼音。不能睡，我不能睡，书上那些拼音还没有背熟。我一边在心里对自己说，一边抬起手揉了揉有些粘黏的眼皮，竭力扬起眼睫毛，不让自己睡觉。

"呵啊——"我用手捂着口打了一个哈欠，又翻身换一个姿势侧躺在床上，睁着眼望着黑漆漆的墙壁，一边继续回想着语文书上的字母，一边悄悄地又默背着拼音……

忍着喉痛坚持读

第二天上午，我坐在窗前的书桌边慢慢梳好辫子，轻轻拿起面前的圆镜照看自己的脸：镜子中的自己和往常一样，脑袋后面扎着一条梳得很顺的辫子，只是脸色变得比平常红了很多——我发烧了，原本白皙的脸被烧得通红。

"咳、咳咳……"我咳嗽着放下手里拿着的镜子，无精打采地趴在书桌上，正想闭上眼睡一会儿，忽然想起昨天学的拼音还没有读熟，于是慢慢坐起趴在书桌上的身体，伸手拿起旁边的语文书，翻到昨天学的那两页，照着上面的拼音读起来：

"g——"

我张开口刚读了一声，顿时感到喉咙就像被震裂了一下，痛得我急忙闭上口停止了读声。我抿着唇咽了一点儿口水，想滋润一下又干又痛的喉咙，没想到口水刚咽下去，喉咙就像被刀划了一下，反而使我感到更痛。我皱着眉头放下手里的书，抬起左手在脖子上轻轻揉了揉喉部，想减轻一些疼痛，可喉咙里面发炎，这样揉外面的皮肤根本没有用，喉咙还是很痛。

我闭着口靠着椅子后背休息了片刻，双手拿起面前翻开的语文书，正想把书合上不读了，看到书上那两页拼音还没有读熟，心里又想：不知道喉咙什么时候才会好，要是等喉咙不痛了再读，不知要等到哪天才能读熟。我望着书上那些拼音，想等喉咙好了再读，可又不想耽误了学习时间。我眨了眨盯着左边那页拼音的眼睛，转过眼又看了看右边这页拼音，决定忍着喉咙的疼痛，坚持把这两页拼音读熟。我坐端靠着椅子后背的身体，一边认真地看着书上的拼音，一边用沙哑的声音继续读："g——ē——gē（哥）、k——ě——kě（渴）、h——ē——hē（喝）……"。

我一个字母、一个字母地读着，每读一声，喉咙都像被震裂了一下，痛得我只能微张着口小声地读，读音就像是从喉咙里挤出来的一样，小得几乎只有我自己能听清楚。我专心致志

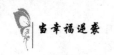

地看着手里的书，照着书上的拼音读一句，停顿一下，语速明显比平时读书慢了很多。

窗外的天色阴沉沉的，寒风把院子边那些树吹得左摇右晃，发出阵阵沙沙的树叶声。

屋里很冷清，除了我沙哑的读书声，只有书桌上的闹钟在响，不停地发出滴滴答答的秒针声，仿佛是在和我的声音比速度，又仿佛是在给我计时，看我需要多长时间才能读完两页书。

"z——ǒu——zǒu（走）"

"ch——ī——chī（吃）"

"sh——uǐ——shuǐ（水）"

我认真地读着书上的字母和声调，读到"shuǐ（水）"这个拼音时，条件反射似的闭上嘴咽了咽口水，感觉喉咙就像被火烧着一样，又干又痛。我抿了抿有些干裂的嘴唇，抬起眼望着书桌上的一个水杯，看到里面还有半杯冷水，心里很想喝一点滋润一下喉咙，可又想到母亲跟我说过，喉咙发炎不能喝冷水。我望着杯子里的水犹豫了片刻，还是忍不住很想喝，于是放下手里的书，伸手把书桌上的水杯端到嘴边，张开嘴喝了一口。

不知是口太干了，还是发烧的缘故，冰冷的水喝进嘴里时，我不但没有感到冰得难受，反而觉得凉冰冰的很舒服，就像很热的时候喝冰水一样凉爽。我一口咽下嘴里含着的水，不知是咽得太急了，还是水太冰了，刚咽到喉咙时，顿时感到发炎的喉咙被刺激得很痛，就像是一把尖锐的刀在割喉咙一样，痛得我皱紧眉头闭着口，急忙抬起右手捂着下巴下面的脖子，不敢动一下身体的任何部位。

我一动不动地闭着口休息了一会儿，低下头又看了看左手端着的杯子，望着杯子里的半杯凉水，感觉喉咙还是很干痛，却不敢再把杯子端到嘴边，不敢再喝一滴水，刚才咽水时那种刀割喉咙般的痛，比喉咙干裂的感觉还难受。我抿了抿干得有些脱皮的嘴唇，抬起左手把水杯放回书桌上，然后又拿起面前的语文书，忍着喉咙又干又痛的感觉，用沙哑的声音继续坚持读拼音……

第三章

办法总比困难多

给自己"监考"

上午十点过，太阳拨开云雾露出笑脸，洒下满院子金灿灿的阳光。

我坐在窗前的写字台边，照着书核对完默写的最后一个拼音，一边用左手揉着发软的右手腕，一边看着面前的本子，看到上面写得整整齐齐的拼音，还有那一个个代表正确的红勾，高兴地扬起嘴角笑了。我没有想到，这次默写的 23 个声母和 24 个韵母，还有 16 个整体认读音节，竟全都是对的。

"我默写对了，全都默写对了！"我笑盈盈地抬起眼望着窗外，想到自己终于默写出了所有拼音，而且一个都没有错，心里感到非常高兴。

我能背对这些拼音吗？我望着阳光照耀着的月季花，脑子里突然冒出一个问题，使我心里的欢喜瞬间变成了疑问，不知道自己能不能背对这些拼音。我抿着嘴唇眨了眨眼睛，收回望着窗外的目光，垂下睫毛又看着面前的本子，望着那一个个读音不同的拼音，想检验一下自己能背对多少。于是，我坐端靠着椅子后背的身体，抬起眼望着面前的某一处，张开口正想背拼音，突然又想到一个问题：默写的拼音可以照着书核对错没错，背的拼音怎样才知道有没有背错呢？我若有所思地闭上半张着的口，垂下睫毛又望着面前的本子，静静地想着解决这个问题的办法。

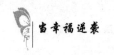

几只小鸟在窗外叽叽喳喳地叫着，一会儿从树枝上飞落到地面上，一会儿又从地面上飞落到院墙上，欢快地享受着温暖的阳光。

有了！我放下托着下巴的双手，无意间看到写字台上装磁带的盒子，一下子想到了解决问题的办法——先用磁带录下自己背的拼音，然后再听自己有没有背错。我连忙坐端靠着椅子的身体，把手伸到装磁带的盒子里，找了一盒不重要的磁带，放进写字台上的录音机里，一边按下录音键，一边开始背拼音：

"b、p、m、f、d、t、n、l……"

我目不转睛地望着面前的录音机，跟着记忆一个一个地背着声母，就像是一个学生在老师面前背书，背得那么认真，声音那么响亮。

我专心地背完23个声母，感觉口有些干了，就闭上嘴咽了咽口水，想停下来休息一会儿。我斜着身体刚把背靠在椅子上，看到录音机里的磁带还在转动着，忽然觉得它仿佛是一位监考老师，正在面前监视着我，听我有没有背错。我自觉地急忙又坐端身体，望着面前的录音机，张开口又认真地背韵母："a、o、e、i、u、ü……"

明媚的阳光通过窗口照射进来，被窗棂分割成几束光线，就像聚光灯一样照在写字台上。

面前的写字台上放着写拼音的本子，我只要垂下眼睫毛，就能看到全部默写对了的声母、韵母和整体认读音节，就可以全部照着读，而不用一边想一边背。可我的眼睛一直望着面前的录音机，我不想垂下睫毛偷看一个拼音，只想跟着自己的记忆背，只想知道自己能背对多少。

"zhi、chi、shi、ri……"

我认真地背完韵母和整体认读音节,一边抿着发干的嘴唇,一边伸手按下录音机的倒带键,迫不及待地想听听自己的录音,想知道自己的"考试成绩"。我目不转睛地盯着倒转着的磁带,等磁带倒完后,迅速按下播放键,仔细地听着自己刚才背的拼音:

"b、p、m、f、d、t……"

我静静地望着宣布"成绩"的录音机,一边认真地听着自己的录音,一边把右手放在腿上伸直五个手指,准备用来做审查记录——听到一个背错了的拼音,就弯曲一个手指,以此来记下自己背错了多少。

"an、en、in、un……"

录音机里的磁带缓缓地转动着,里面传出我一句又一句的背读声。我仔细地听完自己背的声母,又听自己背的韵母,连呼吸都控制得又轻又缓,生怕没有听清自己背的任何一个拼音,就像是一位严格的监考官,不会放过任何一个背错了的字母。

"ang、eng、ing、ong"

我听完自己背的最后一个拼音,抬起放在腿上做审查记录的右手,看到五个手指依然伸得直直的,高兴地欢呼道:"我背对了,全都背对了!"我欣喜地望着手指全都伸着的右手,仿佛感觉望着的不是自己的一只手,而是一张得了满分的试卷,而且是属于我自己的满分试卷!

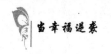

利用拼音认生字

　　吃过早饭，我坐在写字台边捧着语文书，盯着"秋天来了"这几个字，百思不解地想了许久，还是不知道这几个字读什么。

　　这几个字到底读什么呢？我皱着眉头放下书，若有所思地抬起眼望着窗外的院子，心里感到十分困惑，不知道该怎么解决这个问题。

　　院子里弥漫着白茫茫的浓雾，远处的景物全都模糊不清了，只能隐约看见院子边的围墙、葡萄架和树木。

　　要是有人教我认字就好了，这样我就知道这些字读什么了。我望着白雾茫茫的窗外，心里好想有一个人来教我认字，可又不知道谁会来教我，只好又低下头盯着书上的生字思考。

　　我全神贯注地盯着书上那些字，目光在一行行生字间缓缓移动着，就像是在仔细寻找什么东西，生怕漏掉任何一丝"线索"。我用目光慢慢扫视着一个个生字，把整整齐齐的几行字从头看到尾，然后又从尾看到头，当目光再次落到标题几个字上时，突然发现——每个字的头上都标注着拼音和声调。有办法了！我目不转睛地盯着生字头上的拼音，顿时感到眼前一亮，一下子想到了认生字的办法——只要拼读出每个字的拼音，就知道这些字读什么了。我望着那些很容易拼读出来的拼音，心里的困惑瞬间变成了欣喜，愁眉不展的脸上露出了高兴的笑容。

　　"秋"我目不转睛地盯着这个字看了看，又盯着这个字头上的拼音"qiū"看了看，一边用右手食指指着拼音字母，一边小声地先读出前面的声母"q"，然后读出后面的韵母"iū"，最后再把这几个拼音连在一起拼读："q——iū——qiū（秋）"。

"秋"，我不眨眼地盯着书上这个字，自言自语地轻声读了一句，若有所思地在心里想：原来，这个字读"秋"，秋天、秋风、秋千……我一边想着跟这个字有关的东西，一边慢慢抬起头向窗外望去，看到外面的白雾渐渐散淡了一些，院子里的景物变得越来越清晰了。我认识"秋"字了，我终于认识"秋"字了！我望着外面那棵叶子发黄的梧桐树，想到自己终于知道"秋"字怎么读了，心里感到非常高兴，乐得脸上露出了两个小酒窝。

我笑眯眯地望着窗外高兴了一阵，低下头又望着面前的语文书，用刚才的方法继续认另外几个生字。

"天"，我盯着这个字端详了片刻，又用手指着这个字头上的拼音"tiān"，像刚才那样先拼读前面两个字母，再拼读后面一个韵母，最后把这几个声母和韵母连起来读："t——i——ān——tiān（天）"。

"天"，我用手指着这个字认真地读了一遍，条件反射似的抬头望着窗外的天空，看见太阳正从云雾中慢慢露出脸来，给周围的几朵白云镶上了金边。原来，这个字就是"天空"的"天"字，我会读这个字了，我终于会读这个字了！我仰着头望着渐渐泛蓝的天空，想到自己终于认识这个生字了，心里充满了欢喜，兴奋地对着天空一遍又一遍地读："天、天、天……"

我高兴地一口气大声读了几遍，满心欢喜地收回望着天空的目光，然后低下头又看着面前的书，继续拼读另外两个生字的拼音：

"l——ai——lai（来）"

"l——e——le（了）"

我认真地拼读完最后一个"了"字，又把目光移到第一个"秋"字上面，一边回想着刚才拼出来的读音，一边小声地又重复读了两遍，想加深对这个字的印象。

"秋天来了"，我全神贯注地盯着这四个字，挨个把每个字都重读了一遍，然后把这几个字连在一起，大声地读了一句："秋——天——来——了！"

望着书上被我读出来的这四个字，我高兴地把书捧起来抱在胸前，就像得了满分一样开心。我笑盈盈地转过眼望着窗外的院子，欢喜地大声欢呼着："我会认生字了，我终于会认生字了！"

认生字的新方法

上午，我坐在洒满阳光的院子里，认真地跟着姨妈学查字典。

"这个字读什么？"姨妈指着语文书上的"上"字问我。

我看了看这个字头上的拼音"shang"，默默地在心里拼读了一遍，轻声回答："这个字读'上'。"

"你先找到'上'字的拼音，然后翻到对应的页数，就能找到这个字了。"姨妈又说。

我低着头又翻开手里的字典，按照姨妈说的方法，先找到了这个字的韵母"sh"，然后在下列一组拼音中寻找"shang"。我专心致志地注视着字典上的拼音，缓缓移动着目光挨个儿往下找，当目光落在"shang"这个拼音上时，就像是发现了宝贝一样，眼神里顿时露出了欣喜。我看了看这个拼音旁边的页数，然后把字典翻到对应的那一页，看到上面真的有"上"这个字，高兴地说："找到了，我找到了！"

"对，就是这样查字的。"姨妈笑了笑，又指着书上的另一个字问我，"这个字读什么呢？"

我盯着姨妈指的"大"字，看到这个字头上没有拼音可读，歪着脑袋想了想，摇着头说："不知道。"

"我教你部首查字法吧。"姨妈说着，又翻开字典耐心地教我。

我在姨妈的指导下，先找到"大"字的部首"一"，然后数出这个字的笔画，接着在笔画组里找到了这个字。我目光专注地看着手里的字典，把字典翻到这个字对应的那一页，看到上面果真有这个字，而且还标注着拼音，高兴地拼读出了这个字："d——à——dà（大）"

"你真聪明，这么快就学会了！"姨妈微笑着夸我。

我笑盈盈地抬起眼望着姨妈，心里感到非常高兴，不是因为听到她夸我，而是因为自己学会了查字典。我把手里的字典抱在胸前，就像是抱着一样宝贝，想到以后有办法查书上的生字了，高兴地欢呼："太好了，我会查字典了，以后我有办法认生字了！"

第二天上午，我坐在写字台边翻看语文书，突然想起妹妹每天都要听写生字，脑子里不禁冒出来一个问题：我能听写对书上的生字吗？想到这里，我很想把书上的生字听写一遍，很

想知道自己能听写对多少，可又犯难地想，谁给我念生字呢？我转过头环视着寂静的房间，若有所思地盯着墙上的挂历，静静地想起办法来。

有了！没有人给我念生字，我就默写。我回过头又看着面前的语文书，把一篇课文后面的生字读了几遍，然后打开抽屉拿出本子和钢笔，开始默写书上的生字。

房间里很安静，除了笔尖与本子摩擦的沙沙声，几乎听不到任何声响。一缕阳光透过纱窗照射在我身上，仿佛是在监视我，看我有没有偷看旁边放着的语文书，看我写的一笔一画有没有错。我专心致志地盯着面前的本子，目光随着笔尖在本子上缓缓移动着，认真地默写完记忆中的一个生字，又接着默写另一个生字……

不知过了多长时间，我把这一课的生字默写完了，才放下手里握着的钢笔，把旁边的语文书拿过来放在面前，一个字、一个字地核对哪些写错了。我盯着书上的生字看了看，又盯着本子上的生字看了看，每核对完一个默写对了的生字，就用红色的笔在这个字旁边打个勾，以此来标记这个字默写对了。

我一个一个地核对完默写的生字，看到每个字的旁边都打着红色的勾，高兴地扬起嘴角笑了笑，没有想到自己竟全都默写对了。

咦，不对，怎么少写了几个字呢？我数了数默写在本子上的几行生字，又拿着书数了数课文中的生字，发现有几个字竟没有写（我不是不会写这几个字，而是一下子记不住这么多，默写的时候写漏了）。不行，我要把每一课的生字都默写完，一个也不能漏掉！我若有所思地抬起眼望着窗外，静静地想着怎样才能不写漏一个生字。

有了！我望着院子里那棵光秃秃的树，突然想到了一个好办法，我先照着书写出每个生字的拼音，然后再看着拼音默写生字，这样就不会写漏了。

我高兴地收回望着窗外的目光，又拿起写字台上的钢笔和本子，照着书上那些生字，挨个儿写好每一个字的拼音，然后合上书放在一边，照着写好的拼音重新默写生字……

苦思冥想破解难题

下午，我一个人坐在窗前的写字台边，低着头注视着手里翻开的数学书，专心致志地思考着书上的一道题："有 20 个人乘车，大车准载客 10 人，小车准载客 4 人，需要多少辆大车才能载完这些乘客？用小车载这些乘客需要多少辆？"我皱着眉头想来想去，还是不知道该怎么算出答案，随手把书放在面前的写字台上，抬起眼很困惑地向窗外望去。

院子里洒满了明媚的阳光，几只小鸟叽叽喳喳地叫着，一会儿从葡萄架上飞落到地面上，一会儿又从地面上飞落到花盆上，那么欢快而又自由。

这道题怎么这么难呀，留着不做吗？那我什么时候才会做呢？我望着一只飞落到葡萄架上的小鸟，有些不想做这道题，又怕自己永远都不会做。我抿着唇深呼吸了一下，不想放弃地又在心里想：不，我一定要学会，一定要算出答案！

我低下头看了看数学书上的题，然后又抬起眼望着树枝上

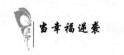

的小鸟，目光跟着它们一会儿转移到围墙上，一会儿又转移到院子边的花盆上，默默地在心里想着解决问题的办法。

对了，用小棒来计算！我突然想到一个能算出答案的办法，皱着的眉头顿时展开了。

我急忙打开面前的写字台抽屉，从里面拿出一捆高粱秆做的小棒，一根一根地数："1、2、3、4……"我认真地数了 20 根小棒代表乘客，然后拿起面前的笔，在本子上画两个圆圈代表两辆大车，最后分别在每个圆圈里放 10 根小棒，代表每辆车载的 10 个乘客。"一辆车、两辆车。"我自言自语地数着本子上画的"车"，若有所思地盯着本子想了一会儿，一下子想到了这道题的计算方式，于是拿起笔在本子上写出了算式："20÷10＝2"。

我算出了第一个问题的答案，又接着计算第二个问题。"1、2、3、4、5；1、2、3、4、5；……"我把手里的 20 根小棒分成四份，每份 5 根，代表四辆小车分别载了 5 个人，用这样的方法算出了第二个答案："20÷5＝4"。

我望着书上这道被我算出来的难题，高兴地欢呼道："我算出答案了，我终于算出答案了！"

晚上吃饭前，我还坐在窗前的写字台边，捧着数学书一遍又一遍地读加法表：9＋2＝11，9＋3＝12，9＋4＝13，9＋5＝14……"

我认真地把加法表读了许多遍，还是没有找出这道题的规律，皱着眉头不解地想：这道题的规律到底是什么呢？我聚精会神地盯着书上的算式，目光在一道道算式间缓缓地移动着，仔细地把这些算式从头看到尾，然后又从尾看到头，想从其中看懂一点儿什么，可看来看去，还是一点儿也没有看明白。

"唉！"我有些气馁地叹了一口气，抬起头望着被夜色染黑的窗外，脑子里没有了思考的方向，不知怎样才能找到这道题的规律。

漆黑的院子里突然亮起昏暗的灯光，是母亲拉亮了院子里的路灯，在葡萄架下面洗菜。

听到哗哗的流水声，我条件反射似的抿了抿有些干裂的唇，不自觉地转过眼望着面前的一杯水，很想喝一口，又很想解小便。我转过头看了看窗外的母亲，心里很想叫她来抱我上厕所，可又不想打搅她忙着洗菜，就端着杯子用嘴唇沾了一点儿水，然后放下杯子又拿起面前的数学书，继续想这道题的规律。

"9＋2＝11，9＋3＝12，9＋4＝13，……"我目不转睛地盯着手里的书，一边读着这些背得滚瓜烂熟的算式，一边思考着它的规律。

"11、12、13、14……"我默读着每道算式的和，突然发现，这些算式的和一个比一个大，脑子里顿时有了一点儿头绪，就像找到了一丝能破解的"线索"，于是反复读着这些数字："11、12、13、14……"我若有所思地读着这些算式的和，然后又把算式从头到尾看了一遍，发现每道算式中的一个加数加大一，它的和就加大一。"9＋5＝14，9＋6＝15，9＋7＝16，9＋8＝17，……"我一边认真地盯着书默读这些算式，一边想着每个加数与和的关系，一下子想出了这道题的规律：一个加数不变，另一个加数加大多少，它的和就加大多少。

我望着书上这道题，顿时茅塞顿开，就像发现了藏在它背后的秘密一样，眼神里立刻流露出欢喜。我高兴地拿起笔一边在书上写答案，一边兴奋地在心里欢呼：我想出这道题的规律了！我终于想出这道题的规律了！

第四章

在坚持不懈中努力

忍着头痛思考问题

天色渐渐暗了，晚风把窗外那些树枝吹得乱摇乱摆，有的枯枝禁不住吹袭，在摇曳中咔嚓一声折断了。

我坐在窗前的写字台边，一边用左手轻轻揉着太阳穴，一边看着面前的数学书，忍着头痛坚持思考着书上的一道题："小青有两盒糖，甲盒有78颗，乙盒有38颗，每次从甲盒取5颗放到乙盒中，取几次两盒糖的颗数就同样多?"我自言自语地反复读着这道题，目不转睛地盯着题想了又想，还是没有想出解决这道题的方法，反而感到头越来越痛。

"当——当——"墙上的挂钟突然又敲响了。

我放下揉太阳穴的左手，抬起头看了看墙上的挂钟，已经7点了。我这才注意到，自己在写字台边坐了6个多小时，一下子意识到头越来越痛的原因——这6个多小时里，我一直都在想数学书上的思考题，长时间的思考使我本来就有些痛的头，变得越来越痛了。

我慢慢转过头靠在椅子后背上，有些疲惫地抬起眼向窗外望去，看见远处的高楼上又亮起了彩灯，五颜六色的灯光在夜色中闪烁着，显得十分好看。我望着那些醒目的彩色灯光，没有像往常那样感到心悦神愉，只感觉脑袋又胀又痛。我难受地皱着眉头闭上眼，轻轻低下头伏在面前的写字台上，感觉脑袋里仿佛有无数根针在扎，就像小时候扎银针一样，医生在我的

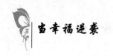

腿上每扎一针，都会让我感到一阵钻心地痛，此时这种犹如被无数根针扎的感觉，更是痛得我感到脑袋晕晕沉沉的。

不要痛了！我痛得忍不住在心里大喊一声，抬起头砰的一声撞在写字台上，顿时感到额头被撞得很疼。"哟——"我疼得皱着眉头发出了声，抬起右手轻轻揉了揉额头，望着面前数学书上的那道难题，心里想：要是有人给我讲一下这道题就好了，这样我就不会想得头痛了。

这时，母亲走进屋来对我说："玲玲，吃饭了。"

"妈，我头痛，不想吃。"我趴在写字台上轻声回答母亲。

"怎么了，感冒了吗？"母亲站在身边伸手摸了摸我的额头，担心地说，"你最近经常头痛，明天妈背你去医院看看。"

"妈，我没感冒，休息一下就好了。"我看到母亲担心的样子，缓缓坐端身体安慰她。

其实我真的没有感冒，只是最近不知怎么的，只要看书思考问题，头痛就会如约而至地发作，而且痛的次数越来越频繁，也越来越严重。我不敢告诉母亲，我头痛是看书思考问题引起的，我怕她又会像上次那样"收缴"我的书，怕她又会很多天都不许我看书。

"那你休息一会儿再吃吧，妈先去收外面晾的衣服。"母亲说完，转身走出了屋。

我闭上眼趴在写字台上，想静静地睡一会儿，又想到今天的作业还有一道题没做，不安心地睁开双眼慢慢坐起身，又望着面前翻开的数学书，盯着那道已经看了很多遍的题，忍着脑袋又胀又痛的感觉，继续思考着答案："甲盒比乙盒多的颗数，应该是 $78-38=40$，然后在这些糖中取出一半……"

我刚想到解决问题的一点儿头绪，感到头就像被锤子重重地敲了一下，痛得我皱紧眉头闭着眼，咬紧嘴唇又趴在面前的写字台上，不敢动一下身体的任何部位，也不敢继续沿着思路往下想，似乎只要动一下，或是再多思考一秒钟，脑袋都会像定时炸弹一样爆炸。

我闭着眼一动不动地趴在写字台上，脑袋痛得很想张开口大叫一声，又怕被正在窗外收衣服的母亲听见——我不想让她担心，不想让她知道我头痛的原因，不想让她"收缴"我的书。我咬紧嘴唇强忍着钻心的头痛，不让自己叫出声，只让眼眶里打转的泪水悄悄往下流……

过了一会儿，我感觉头痛稍微减轻了一些，又慢慢地坐端伏在写字台上的身体，微微张开口深呼吸了一下。我抬起手擦干脸上还未干的泪痕，然后又拿起面前的数学书，看着那道还没有计算出来的题，继续思考着答案。

把脸当成"热水袋"

雨还在不停地下着，凛冽的寒风也在一阵阵地吹着，使这个冬天的早晨变得更冷了。

我坐在窗前的写字台边梳好马尾辫，用嘴对着有些冷的手哈了几口热气，然后拿起写字台上的钢笔和字帖，低着头专心致志地练字。

"一"，我不眨眼地盯着字帖上的这个字，注意到起笔的地方不是直线，而是像顿号一样稍微有些斜度，于是握紧手里的

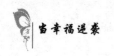

钢笔，在字帖上的空格里慢慢牵出笔画，生怕稍不注意就把这一横写歪了，动作明显比平时写字慢了很多。

我认真地在字帖上写好"一"，停下手里握着的钢笔，目不转睛地盯着这个字看了看，觉得这次写的好看多了，不像以前写的那样又硬又直，很难看。我望着这个字满意地笑了笑，然后又认真地继续练写另外一个字。

不知过了多长时间，原本空白的一页字帖上，渐渐写满了我练的字，我握笔的手也变得越来越冷，冷得有些不受控制了，写出来的字显得东倒西歪。我轻轻放下手里的钢笔，把冰冷的双手抬到嘴边，一边用嘴对着双手哈热气，一边抬起眼向窗外望去，看见外面的雨越下越大了，"噼里啪啦"地落在院子里的地面上，溅起满地水花。

"阿嚏……"一阵寒风透过纱窗迎面吹来，浓浓的寒意顿时钻进我的身体，使我冷得打了一个喷嚏。我用双手围紧脖子上的围巾，正想把手揣进棉衣口袋里暖和一下，无意间看到面前的写字台抽屉，忽然想起母亲给我买的那双棉手套，顿时想到了既能暖手、又能写好字的办法。

我连忙打开写字台抽屉，拿出里面放着的一双厚厚的棉手套，一边慢慢地戴在冰冷的右手上，一边高兴地想：这样写字手就不会冷得握不稳笔了，写出来的字就不会东倒西歪了。我笑眯眯地望着被手套包裹着的手，感觉手没有刚才那么冷了，于是又拿起面前的钢笔，继续认真地练字。

我低着头注视着落在字帖上的笔尖，刚在空格里写出一横，顿时感到右手被戴着的手套束缚了，五个手指变得一点儿也不灵活，写出来的笔画没有了笔锋，就像以前写的那种"火柴棍"一样，显得很难看。不行，这样练不好字。我望着没有写好的笔画看了看，又转过眼看了看戴着手套的右手，想到戴着手套练不好字，立刻放下手里的笔，毫不犹豫地脱掉了手套。

我赤裸着右手握紧钢笔，认真地继续在字帖上练字，慢慢地写完了这一行，又接着写下一行……

写着写着，我的右手很快又冷得握不稳笔了，感觉整只手就像在冰水里泡着一样，连皮带骨都冷得很痛。我轻轻放下手里的钢笔，缓缓抬起冰冷的双手又放到嘴边，一边用嘴又对着两只手哈热气，一边把两只手合在一起搓了搓，想用这样的方法来暖和冷得痛的手。

"咳、咳咳……"我连续哈了几口热气，感到喉咙干得很不舒服，忍不住咳嗽了几声。喉咙干裂的感觉让我意识到，我不能再这样哈热气来暖和手了，不然喉咙会越来越不舒服。我闭上口望着面前的双手，感觉两只手都冷得很痛，尤其是右手，五个手指冷得弯曲着，根本没有力气伸直。怎么办呢，还有几行字没有写完，留着明天再写吗？不行，明天有明天要练的字，我要练完今天的字。这么一想，我决定忍着手冷的感觉继续坚持写。

这时，一阵寒风从窗外吹进来，使我感到脸颊被吹得又冷又痛。我抬起双手捂着被风吹得很冷的脸，手刚贴在脸颊上，顿时感到脸比手暖和多了，一下子想到一个暖手的办法——把脸当成"热水袋"。我把冰凉的双手紧紧地贴在脸上，感觉两只手就像捂着热水袋一样暖，可脸却被手冰得很痛，就像一把冰刀深深地划进了脸皮内。"咝——"我咬紧嘴唇冷得不禁打了一个寒颤，强忍着脸被冰得痛的感觉，一动不动地坚持让手在脸上取暖。

过了一会儿，捂在脸上的两只手稍微暖和了一些，也恢复

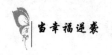

了一些力气，我才把手从脸上放下来，然后又拿着钢笔继续
练字……

练习写作的"代价"

夜，渐渐深了。

我躺在床上睁着眼还没有睡，还在望着写字台上的玻璃缸，
注视着缸里游来游去的那条金鱼，默默地在心里想：猫是怎样
偷吃鱼的呢？我很想看到猫偷吃鱼，很想把猫偷吃鱼的样子写
下来，于是决定继续等待大花猫跑进来，偷吃这条我故意用来
"引诱"它的鱼。

房间里静悄悄的，除了"滴滴答答"的钟摆声，没有其他
声响了。

我静静地躺在床上，渐渐感到睁着的两只眼皮变重了，扬
着的睫毛无力地垂了下来，上眼皮和下眼皮刚刚合拢，脑子里
立刻响起一个声音：不能睡，睡着了就看不到猫偷吃鱼，就写
不出猫是怎样偷吃鱼的了！我用力扬起睫毛又睁开了双眼，然
后用手掀开盖在身上的被子，故意让自己冷得睡不着。

"喵——"

屋门口突然传来一声猫叫，我迅速转过头望着对面半掩着
的门，看见大花猫真的跑来了。那只猫似乎还惦记着昨晚吃剩
的鱼，在门口看见屋里没有什么动静，就快速跑过来，猛地一
下跳到写字台上的鱼缸边，目不转睛地盯着缸里的鱼，似乎准

备即刻"下手"。

我一动不动地躺在床上盯着猫，感觉没有盖被子的上半身很冷，却不敢动手把被子拉过来盖上，生怕稍微动一下就会吓跑那只猫，只好忍着冷透心的感觉，静静地注视着猫。

大花猫盯着缸里的鱼注视了一会儿，猛然抬起一只爪子伸进缸里，迅速把瞄准的金鱼从水里捞了出来，然后弓着背用嘴衔着鱼，做贼心虚似的快速跑出了屋门外。

我连忙翻过身趴在床上，拿起放在枕头边的笔和本子，认真地写着猫偷吃鱼的样子……

写完最后一句话，我放下手里的笔，拿着本子把内容从头到尾看了一遍。看着猫偷吃鱼的那些句子，我没有为自己写出来了而感到高兴，反而眼泪汪汪地感到很难过，为了写出猫是怎样偷吃鱼的，我失去了最后一条可爱的金鱼。

第二天早晨，窗外弥漫着轻烟似的白雾。

我坐在窗前的写字台边，认真地看着语文书上的作文要求：写一种你喜欢的植物，注意观察它的形状、颜色……我看完写作要求，若有所思地抬起头，把目光投向窗外那棵腊梅花。

腊梅是我很喜欢的植物，我决定就写它。我伸手推开关着的玻璃窗，冰冷的雾气和寒风迎面扑来，我冷得不禁打了一个寒颤。我把双手紧紧地围抱在胸前，伸长脖子盯着窗外的腊梅花，认真地观察起来：那些看似有些枯萎的枝干上，盛开着许多金黄色的小花朵，还有一些含苞待放的花苞，在光秃无叶的枝干上显得很醒目……

"1、2、3、4……"我目不转睛地盯着一朵盛开的花，自言自语地数了数花瓣，大概有八九片。这些花瓣呈椭圆形，外层花瓣大概有小指甲那么大，内层花瓣较小一些，刚好被外层花

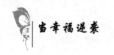

瓣围住。

我从来没有这么仔细地看过腊梅花，这才发现，平时看起来既小又普通的花朵，竟由那么多片形状可爱的花瓣组成。我眨了眨盯着花朵的眼睛，低下头拿起放在面前的钢笔，在本子上认真地写着花瓣的形状。

窗外的寒风越吹越大了，冷雾顺着风势通过窗口直往屋里扑，使我感到全身都很冷，尤其是裸露着的脸颊和双手，冷得又红又痛。"阿嚏！"我抬起右手捂着口鼻打了一个喷嚏，用嘴对着手背哈了几口热气，然后又拿着笔在本子上继续写……

过了一会儿，我写完腊梅花的颜色和形状，一边用嘴对着冰冷的手哈热气，一边又抬起头来望着那棵腊梅花。我意外地发现，有一根枝干上那个原本包着的花苞（前两天看到过的），竟绽开了几片花瓣！我惊讶地睁大双眼，目不转睛地盯着那朵半苞半开的化，想看看那些花瓣是怎样一瓣瓣盛开的。等我看到花瓣盛开的过程，然后写出来，就一定能写好这篇作文！想到这里，我决定守着看花开，于是抬起双手撑在写字台上托着腮，静静地注视着那个花苞……

不知看了多长时间，我感到全身都很冷，托着腮的双手渐渐麻木无力了。我缓缓放下冰冷的双手，转过头无意间看到旁边的床，心里很想躺到温暖的被窝里，又不想错过看花开的过程，于是又偏过头来望着窗外的腊梅花，在寒冷中静静地等着它盛开……

时间一分一秒地过去了，墙上的钟摆"嘀嗒嘀嗒"地响个不停，仿佛是在陪我一起等花开，又仿佛是在为这个过程计时。

我目不转睛地盯着花苞看了一会儿，不但没有发现花苞的变化，反而感到全身都越来越冷，冻得我"阿嚏、阿嚏"地打了两个喷嚏。

这时，母亲做好早饭走进屋来叫我，她见我在打喷嚏，急忙伸手关严了开着的玻璃窗。我转过眼望着母亲正想叫她别关窗，话还没出口，就被她推着走到客厅吃早饭去了。

不得不喝的中药

中午，阳光照耀着院子里盛开的月季花，显得格外艳丽。几只蝴蝶绕着芬芳的花朵飞来飞去，一会儿落在这朵花上闻闻，一会儿又飞到那朵花前看看。

我坐在窗前的写字台边忍着头痛，认真地抄写着书上的词语，没有抬头看一眼窗外的花和蝴蝶，视线中只有面前的书和笔本。这本书是别人借给我的，上面有很多美词佳句，我觉得这些词语很适合用来写作文，想在还书之前，把书上的词句全部抄写在本子上，这样就可以随时拿来学习了。

随着抄在本子上的词句一页页增多，我感觉头越来越痛了，就像有一把锤子重重地敲打着脑袋，疼得我有些头晕目眩。我难受地皱着眉头停下正在写字的手，轻轻地把手里的钢笔放在写字台上，闭上眼歪着头靠在椅子后背上，抬起双手轻揉着两侧太阳穴。

这时，母亲端着一碗中药从门外走进来，见我闭着眼用双手揉着太阳穴，关心地问我："玲玲，头又痛了吗？"

"嗯。"我没有睁开眼看母亲，只是轻声应了一句。

"头痛就别看书写字了，"母亲把手里端着的中药放在我面前，轻声对我说，"快趁热把药喝了吧。"

我缓缓放下揉着太阳穴的双手，不慌不忙地坐起身睁开双眼，皱着眉头望着碗里浓墨似的药汁，还没有把药喝进口里，就感觉口里仿佛充满了浓浓的苦味儿，使我忍不住打了几个干呕。

碗里轻轻飘出来的难闻的药味儿，仿佛是在告诉我这碗药有多难喝。其实我不闻这气味儿也知道很难喝，因为我已经连续喝了几天了，每天三顿都要坚持喝完一碗，喝得我一看见这种药就想吐。

这种药是一位老中医给我开的，他说我头痛是学习用脑过度引起的，叫我至少要连续吃半个月，这样才能治好我的头痛。其实，那位老中医一点儿也没有说错，我头痛确实是学习用脑过度引起的，平常整天都只顾着看书学习，很多时候连吃饭睡觉都在思考问题，很少让大脑休息。之前姨妈告诉过我很多次，学习要注意劳逸结合，不然会头痛，可我当时没有听姨妈的话，结果不知从什么时候开始，只要多看一会儿书或多写一会儿字，头就真的会痛，而且最近痛得越来越厉害。

我愁眉苦脸地望着面前这碗中药，许久都不肯伸手去端过来喝，别说要我喝完这一碗，就是让我只喝一小口，我也很不愿意。唉，又是这么大一碗药，怎么喝得下呀！我望着面前这碗苦得难以下咽的药，心里很想有什么办法可以不喝，可又什么办法也没有。我撅着嘴眨了眨盯着药碗的眼睛，转过头又趴在面前的写字台上，实在不想喝，只想拖延喝药的时间。

"快喝吧，一会儿凉了更苦。"母亲说着，端起写字台上的碗递给我。

我不情愿地坐起身睁开眼望着母亲，正想开口求她让我不喝，脑子里忽然又想起医生对我说的话："如果不治好你的头痛，以后你就不能看书学习了。"想到这里，我顿时受惊似的摇了摇头，心里又想：不行，我要治好头痛，我要继续学习。我顺眼看了看旁边的书和笔本，想到如果有一天我不能看书学习了，心里感到那比让我喝药更难接受，于是连忙伸手接过母亲端着的药，毫不犹豫地决定把这碗药全部喝完。

从小到大，学习一直是我生命中最重要的事情

"咕咚、咕咚……"我双手捧着装着药汁的碗，闭着眼大口大口地喝着，任浓浓的苦味儿在口腔里扩散。

我一口气喝完了碗里的药，睁开眼放下手里捧着的碗，感到心里憋得很不舒服，胃也难受得很想吐。我连忙用手捂着口打了几个干呕，低下头伏在写字台边，很想吐出刚刚喝下去的药，心里又想：要是把药吐出来了，就没有治病的效果了。想

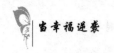

到这里，我闭着口咽了咽嘴里的唾液，强忍着想吐的感觉，不让药汁从胃里吐出来。

我一动不动地休息了一会儿，感觉心里没有刚才那么憋得难受了，胃也没有刚才那么难受得想吐了，又慢慢坐端伏在写字台上的身体。"哈——"我张开嘴哈了一口全是药味的口气，然后又拿起面前的本子和钢笔，继续认真地抄写书上的词句……

载着心声的书信

时光飞逝，转眼过去了四年。

吃过午饭，我静静地坐在写字台边听收音机，无意间看到面前放着的台历，忽然想起再过几天就是自己的生日，心里有些感触地想：再过几天，我就十六岁了，就到了人生中最美的花季……虽然我的人生并不像花儿那么美，甚至充满了不幸与挫折，但我依然一步一步地走到了今天……

我若有所思地盯着台历沉思了一会，慢慢转过头望向窗外的院子，看见父母在烈日下忙着晒稻子，心里不禁涌起一种沉甸甸的感觉，默默地想：十六年了，爸妈抚养我整整十六年了，这十六年来，他们含辛茹苦地把我抚养长大，如果没有他们对我的关心和照顾，我不会活到今天……

我目不转睛地望着院子里的父母，不禁想起小时候的一幕：一天上午，我坐在屋里练写字，听到一个阿姨在院子里对母亲说："这孩子走不动，你养着是个没用的包袱，不如扔掉……"

我悄悄地坐在屋里偷听，心里很害怕母亲真的会把我扔了，没想到母亲语气坚定地说："她是我亲生的，我怎么舍得扔了，我过一天，她也过一天，再苦再累我都不会把她扔了。"我听到母亲这么说，这才放心地舒了一口气。

"我过一天，她也过一天。"我默默地回想着母亲说的这句话，心里却没有当年听到时那么轻松，反而有一种沉甸甸的感觉，似乎这才听懂了这句话真正的意思，这才知道了母亲为此所付出的代价——那是一辈子的辛苦养育！我眨了眨望着母亲有些发热的眼睛，默默地又想：从小到大，爸妈不但没有嫌弃过我走不动，反而把我当宝贝一样疼爱着，他们为我付出了太多、太多……我热泪盈眶地望着窗外的父母，想到他们十六年如一日地疼爱我、照顾我，心里充满了深深的感动和感激。

"下面这首歌，是一位听众要为他的母亲点播的，今天是他母亲的生日，他想为母亲送上生日祝福……"收音机里的主持人在读听众写的信，随后放出一首旋律欢快的歌。

我转过头看了看写字台上的收音机，听到正在播放的这首传递祝福的歌，心里突然产生了一个念头：我的生日也快到了，我也写一封信到电台去，通过电波感谢爸妈这些年对我的爱。我还要让全世界的人都知道，我不是一个没有用的包袱，虽然我不能走路，也不能像别人那样去读书和工作，但我同样自学完了小学的课程，我还要自学中学的课程、大学的课程，以后我一定会学有所成，一定会用自己的方式回报爸妈！想到这里，我信心满满地伸手打开写字台抽屉，从里面拿出钢笔和信纸，给电台的主持人写了一封长长的信……

这封信在电台播出后不久的一天，邮递员给我送来了厚厚

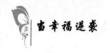

的一叠信。

一封、两封、三封……我坐在写字台边抱着这些信数了数，一共有三十多封，心里意外而又纳闷地想：怎么有这么多信，是谁写给我的呢？

我随意拆开手里的一封信，看见洁白的纸上写满了蓝色的字迹："卢玲，你好！前几天在电台听到了你的故事，感觉你是一个非常坚强的女孩，你刻苦自学的精神值得我学习，真心地希望我能成为你的朋友，让我们一起为自己的梦想而努力……"我认真地看完手里的信，这才知道，原来是听众给我写来的，心里既感到陌生，又感到亲切。

这些信都是写给我的吗？真的都是写给我的吗？我有些激动地望着腿上的一堆信，高兴得不敢相信全都是写我的，双手不由自主地拿起这封信摸摸，又拆开那封信看看："卢玲，听了你的故事我很感动，你是一个坚强善良的女孩，虽然你的腿瘫痪了，但是你没有自暴自弃，也没有怨天尤人，而是想着努力实现自己的梦想，想着如何回报关爱你的人……虽然我们未曾谋面，但我会在远方为你祝福，相信你一定能实现自己的梦想……"

我热泪盈眶地看着这些真诚的信，仿佛感觉身边有许多鼓励我的朋友，他们的话就像窗外照射着我的阳光，使我感到那么温暖！

一封感人的来信

夜色渐浓的傍晚，我坐在写字台边捧着一本书，全神贯注地看着。

这时，父亲下班回来了，他拿着几封信走进屋对我说："玲玲，你的信。"

"哦，给我吧。"我放下手里的书，转过头望着旁边的父亲，伸手接过他递给我的几封信。

我拿着这些信转过头来对着写字台，一边慢慢地往轮椅后背上靠，一边垂下睫毛看着信封上写的字，想看看是谁寄来的——自从我上次写的信在电台播出后，就经常收到一些听众的来信，在频繁的信件交流中，我早已熟悉了他们的字迹，光看信封上写的字，就知道是谁写的。

我不慌不忙地看着手里的一封封信，当目光落在其中一个白色信封上时，愉悦的眼神里顿时多了一种意外，心里纳闷地想：咦，这封信是谁写的呢？我望着信封上陌生的字迹愣了片刻，满心好奇地拆开来看：

"卢玲妹妹，你好！偶然的一次听收音机，我知道了你的故事，很高兴认识你……"

我看完信的开头几句话，顿时明白了，原来这封信是一位听众给我写的，漂亮的印花信纸上写着娟秀的字迹，开头的称呼让我感到很亲切。我望着信纸微笑了一下，目光随着字迹慢

慢地往下移动着：

"我是一个 22 岁的女孩，不幸患了晚期肝硬化，医生说我的病可能治不好了，病痛使我对生活失去了信心和希望，想到家人倾其所有为我治病，我觉得自己就像是一个累赘，我想放弃自己的生命，我觉得自己活着毫无意义……那天，我在收音机里听到你的故事，感到很惭愧，你比我小，但你却比我坚强，你的故事让我明白了：好好地活着，就是对关爱自己的人们最好的回报。我不会再有轻生的念头了，我要像你那样好好地活着，让我们携手一起勇敢地面对生活……"

我一字一句地看着信纸上的内容，心里不禁变得有些沉甸甸的。我没有想到，这位给我写信的姐姐，竟和我一样患了治不好的病；更没有想到，她竟会有放弃生命的念头。我把拿着信纸的双手轻轻放在腿上，缓缓抬起眼望着夜色笼罩着的窗外，看到外面那棵在风雨中摇曳的树，仿佛看到了那位如花般的姐姐，在病魔的摧残下变得憔悴不堪；仿佛看到她流着泪痛苦的样子；仿佛感受到她心里的绝望，心里不禁涌起一种心痛的感觉。我有些难过地抿着唇眨了眨眼睛，低下头又将目光落在面前的信纸上，用右手轻轻地抚摸着上面的字迹，仿佛是在安抚那位不幸的姐姐。

"听完你的故事，我明白了：好好地活着，就是对关爱自己的人们最好的回报。"

我看着那位姐姐在信中写的这段话，心里忽然掠过一丝欣慰，我很高兴自己的故事鼓励了她。我捧着信纸轻轻地深呼吸了一下，抬起眼若有所思地望着面前的台灯，默默地在心里想：是啊，好好地活着，就是对关爱自己的人们最好的回报……不，不只是对关爱自己的人们的回报，还是一种对别人的鼓励和帮助，正是因为我好好地活着，才使那位姐姐打消了轻生的念头，才使她想好好地活下去。我要更坚强地活着，把我的故事讲给更多的人听，鼓励更多绝望的人，帮助更多需要帮助的人！想到这里，我心里突然有了一种信心和力量，一种要活得更加坚强的信心和力量。

　　我低下头又看着手里的几页信纸，决定立即给那位姐姐写回信，想鼓励她永远不要放弃生命，想和她携手一起勇敢地面对生活，想和她约定我们要一直好好地活着。我坐正身体思考了片刻，把手里的几页信纸放在写字台上，然后打开写字台抽屉，从里面拿出信笺纸和钢笔认真地写着回信。

第五章

悄悄降临的爱情

陌生男孩来看我

岁月流转，一晃来到了 2000 年的春天。

上午，我坐在阳光照射着的书桌边，静静地望着窗外的景物：院子里的月季花在阳光下开得很艳，几只小鸟叽叽喳喳地叫着，欢快地飞来飞去……

"家里有人吗？"院门口突然传来一声问话。

我偏着头向紧关着的院门望去，正猜想着是谁来了，这时母亲从厨房快步走过去打开门，高兴地说："你们来了啊，快请进！"

"姑姑，给你介绍一下，这位是小温。"表姐给母亲介绍着旁边的一个人。

"小温，你好，进屋坐吧！"母亲说着，热情地把他们迎进了屋。

我望着从院门口走进来的表姐，还有跟她一起来的那个年轻小伙，这才想起前几天表姐跟我说过，今天要带一个朋友来见我。我连忙拿起书桌上的一面圆镜，照了照自己已经梳妆好的样子，然后推着轮椅到客厅去招呼他们。

"玲玲，在忙什么呢？"表姐见我推着轮椅出来，面带微笑走过来把我推到沙发边，指着坐在沙发上的那个人对我说，"他就是我之前和你说的那个朋友，小温。"

我把目光转向坐在沙发上的小温，见他高高瘦瘦的个子，穿着一身整齐的灰色西装，看上去大约有二十八九岁。他那又

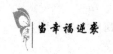

黑又短的头发梳得很顺，一双单眼皮眼睛在浓眉下炯炯有神，高挺的鼻梁左侧，长着一颗不大的黑痣，在端正的五官上显得有些醒目，整个人看起来很有精神，也很帅气。

"你好！"他站起身看着我，很友好地对我说。

"你好，坐吧！"我微笑着客气地回应他。

虽然我知道他要来，但心里还是感到有些意外，我没有想到如此帅气的一个陌生人，仅仅从表姐那里了解我的一些事情，就专程到家里来看我，也没有想到，他在我面前竟如此礼貌而又真诚。

小温慢慢弯下腰坐回沙发上，微低着头望着地上的某一处，没有再说话，似乎不知道该说什么。

表姐随意和我聊着天，我注意到小温坐在沙发上一直没说话，他一语不发地望着面前的茶几，显得有些不自然的样子。为了减少他的拘束感，我推着轮椅走到面前的茶几边，伸手拿起上面放着的一盒香烟，微笑着递给他："你抽烟吗？这儿有烟，随意抽吧！"

"哦，谢谢！"他抬起眼看着我微笑了一下，双手接过我递给他的烟，却没有打开来抽，而是轻轻地放回到茶几上。

这时，旁边的表姐解释似地对我说："玲玲，小温不怎么爱说话，他七岁时妈妈就去世了，没有读过多少书，也不会说什么，你别介意啊。"

"表姐，别这么说，我也没有读过书，也不会说什么。"我怕表姐的话会让小温感到没面子，急忙开口打断了她的话。

其实表姐说的话让我感到很意外，不是意外小温没有读过多少书，也不是意外他不怎么爱说话，而是意外他竟然七岁就没有了母亲，我完全没有想到，眼前这个成熟稳重的小伙子，竟是在没有母爱的岁月里长大的。我有些不敢相信地望着旁边的小温，心里突然对他产生了一种同情，这种感觉一下子缩短了陌生的距离。

我正想开口对小温说些什么，这时他转过头来看着我，语气真诚地说："我在收音机里听到过你的故事，还有你写的文章，你很坚强，文章也写得很好。"

我微微笑了笑，随意问了一句："你也喜欢听收音机吗？"

"嗯。"他轻轻点了点头。

听到他这么说，我感到有些意外，又感到有些高兴——意外的是，我没想到他竟听过我的故事；高兴的是，他似乎很看得起我。我转过眼望着地面眨了眨眼睛，又轻轻扬起眼睫毛望着他，看到他眼神里流露出的真诚，不禁想起往常有陌生人来看我时，总是用好奇的目光在我身上打量，还不停地问这问那，而小温从见到我的第一眼起，就没有用丝毫异样的眼光来看我，也没有好奇地问我那些问题，这让我对他产生了一种好感。

我抿着唇用手捋了一下耳边的长发，有些不好意思地收回望着他的目光，偏过头把视线转向了窗外的院子。我感觉到小温的目光在旁边跟着我，却没有回过头去看他，只是目不转睛地望着外面的月季花，心里悄悄涌动着从未有过的羞涩……

饭桌上的感动

午饭的餐桌上，摆放着香喷喷的鱼香肉丝、味道鲜美的红烧肉、飘着香味的三鲜汤……

　　大家围坐在饭桌前，一边说笑着聊天，一边高兴地吃着饭菜。

　　我注意到坐在对面的小温很少说话，也很少拿筷子夹饭桌上的菜吃，他只是略带微笑一语不发地坐着，不知是感到太拘束了，还是不喜欢吃这些菜。

　　"你怎么不吃菜呢？"我微笑着对小温说，"这些菜不是很好吃，将就吃点吧！"

　　"我吃了的，这些菜很好吃。"小温怕我误会似的急忙接过我的话，这才动手拿起筷子，从面前的一个盘子里夹了一点儿菜。

　　"玲玲，你想吃什么？"坐在旁边的表姐一边问我，一边往我碗里夹了一些苦瓜炒肉，关心地说，"吃这个吧，这个吃了好。"

　　我望着表姐夹到碗里的苦瓜炒肉，想到那浓浓的苦味儿，脱口就说："我不吃这个，很苦。"

　　小温听到我这么说，连忙放下手里正在夹菜的筷子，转过眼用目光扫视着桌子上的菜，似乎是在挑选什么。他把目光落在面前那盘鱼香肉丝上，站起身伸手端起这盘"选中"的菜，担心我夹不到似的放到我面前，面带微笑对我说："你吃鱼香肉丝吗？这个味道不错。"

　　我抬起眼有些意外地望着他，一下子明白了——原来他刚才用目光扫视桌子上的菜，不是在挑选他想吃的东西，而是在挑选我可能喜欢吃的菜，心里顿时有些感动，没想到我不经意间说的一句话，竟让他很重视地听到了，并如此用心地给我挑选了一道菜。我有些感激地望着小温，微笑着对他说："放这儿吧，谢谢！"

小温面带微笑弯下腰坐回椅子上，关心地又问我："你还喜欢吃什么菜？我给你夹。"

我有些不好意思地微笑着说："不用了，我自己夹，你吃吧！"

"吃点儿番茄煮肉片吧，这个也很好吃。"小温注意到我夹不到对面的菜，又给我夹了一些番茄肉片放在碗里。

"谢谢，你也吃吧！"我拿起筷子又对他微笑了一下。

我低着头慢慢吃着小温给我夹的菜，不是在细细品尝这些菜的味道，而是悄悄地在心里想：没想到这个话不多的人，竟然这么细心，这么会照顾人……我若有所思地咀嚼着嘴里的菜，不禁想起从小到大，除了家人以外，几乎没有一个外人像小温这样，会在和我一起吃饭的时候，主动挑选我可能喜欢吃的菜，还主动把我夹不到的菜端到我面前，又主动往我碗里夹好吃的，心里不禁涌起一种温暖和感激，这种感觉使我对他产生了更多的好感。

我慢慢咽下嘴里的菜，抬起头扬起睫毛又看了看小温，见他轻言细语和母亲说话的样子，突然觉得他很亲切，似乎他不是第一次来看我的陌生人，而是一个相交已久的朋友。

吃过午饭后，我们在客厅聊了一会儿天，表姐有事忙着要走，小温也说还有其他事情，就和表姐一起走了。

我推着轮椅回到卧室里的写字台边，随手拿起写字台上的一本书翻开看，眼睛盯着书上的字，却没有注意看写的是什么，而是在回想刚刚和小温见面的情景，回想他给我夹菜的样子，回想他和我说话的声音……他为什么想认识我呢？为什么要来看我呢？只是因为听到过我的一些事情，还有我写的一些文章，就想来见我一面吗？我若有所思地望着书猜想着原因，却想不

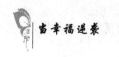

出答案是什么，只知道他给我留下了很深的印象。

我靠着轮椅后背静静地沉思了一会，慢慢坐端身体放下手里的书，抬起眼若有所思地望向窗外的院门，心里竟很希望还能见到小温，默默地想：他还会来看我吗？

感觉他和别人不同

一个星期后的一天上午，我坐在阳光照射着的窗前，低着头聚精会神地看着手里的书……

"小玲，在学习吗？"

一声亲切的问话突然从身后传来，把我沉浸在书里的注意力拉了出来。我抬起头转过眼一看，顿时被眼前的人惊愕住了——竟然是小温！他穿着上次那套灰色西装，左手提着一个生日蛋糕，右手提着一包苹果，面带微笑站在我身后。面对他的突然出现，我意外地望着他愣了片刻，回过神高兴地对他说："你好！什么时候来的？"

"刚刚来。"他说着，把手里提的东西放在面前的书桌上。

"坐吧，"我微笑着指了指旁边的椅子，随意问了一句，"今天没有上班吗？"

"没有，"他弯下腰坐在椅子上说，"听你表姐说，今天是你妹妹的生日，我请了一天假，来给她过生日。"

听到他这么说，我有些意外而又感激地微笑着回应："谢谢你啊！"

他面带微笑注视着我沉默了片刻，关心地又说："我最近工作很忙，没有来看你，你还好吧？"

　　我望着坐在旁边的小温，看到他饱含真诚的眼神，听到他这么关心的问话，突然感到脸颊有些发烫，心里顿时涌起一种莫名的羞涩。我有些不好意思地转过头望着窗外，抬起手捋了一下耳边披着的长发，轻声回答："我挺好的。"

　　我原本以为他上次来看我，只是出于对我的好奇，或者只是出于对我的同情，根本不是真的想和我交朋友，也以为他上次见到我后，就不会再来看我，没有想到他竟然真的又来了，而且还这么关心我。他的到来让我意识到，自己之前的那些想法都是错的，同时也让我更加清楚地意识到，我真的很想见到他，不然我不会在见到他时感到这么高兴，心里甚至还有些激动。

　　"外面天气很好，我推你到院子里去晒晒太阳吧！"小温站起身走到我身边，似乎想征得我同意后把我推出去。

　　我转过头抬起眼望着他，正纳闷他怎么突然想推我出去，一下子又想起他刚才一直看着我，心里想："他一定是注意到我在看窗外，一定以为我想出去，所以才来推我……天啊，他竟然这么细心，该不会发现我心里很想他吧？"我有些不好意思地眨了眨眼睛，生怕被他看出我心里想着他，慌忙顺着他的话说，"好吧，我们去看看院子里的花。"

　　小温慢慢地推着我往外面走，不知是因为没有推过轮椅，还是因为这是第一次推我，他的动作显得很缓慢，尤其是推我过门口的时候，更是小心翼翼地左顾右看，生怕撞到门框上。

　　他推着我走到院子里的花台边，弯下腰帮我把轮椅刹好车，

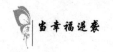
当幸福逃亡

然后又转身走进屋去。

我偏着头有些纳闷地望着屋门口，正猜想着他进屋去干什么，这时他一只手拿着一个苹果，一只手提着一把椅子，又从屋里走出来。

"你看，这白玉兰真好看！"我望着面前的玉兰花对他说。

"我以前看到过白玉兰，但没有这个花开得大。"小温说着，把椅子放在我旁边坐下来，用右手取下腰间皮带上的钥匙扣，打开上面的一把小刀削着苹果皮。

我抿着唇笑了笑，没有接过他的话说什么，只是静静地望着面前的玉兰花。这时一阵清风吹来，枝干牵着花朵轻轻摇曳，这一朵朵怒放的白玉兰，犹如一张张活泼可爱的笑脸。我望着这些洁白的花朵，脸上也绽放着愉悦的笑容，心情变得格外舒畅。

"来，吃个苹果吧！"小温把削好皮的苹果递到我面前。

我转过头看着他，微笑着说："你吃吧，我不想吃。"

"吃吧，水果吃了好。"他语气真诚地说着，把苹果塞到我手里。

"谢谢！"我不好拒绝他的好意，拿着苹果轻轻咬了一口。

我望着面前盛开的玉兰花，慢慢地咀嚼着嘴里的苹果，悄悄地在心里想：他为什么对我这么好呢？以前那些朋友来看我，只是陪我聊聊天，不会像他这么关心我，也不会这么主动为我做这些，难道……他喜欢我？我被这突然冒出来的想法吓了一跳，思想触电似的缩了回来，不敢继续往下想，也不敢转过头看旁边的小温，慌忙又低下头咬了一口手里的苹果，不让自己继续胡思乱想。

让我意外的表白

吃午饭的时候，全家人围坐在饭桌边说笑着吃菜，小温却很少开口说话，也很少动筷子夹菜吃，他像上次那样坐在旁边显得很拘礼。

"小温，吃菜啊，别客气。"父亲热情地对小温说。

"叔叔，我吃了的。"小温礼貌地回答着父亲，不慌不忙地拿起面前的筷子，转过眼看着我轻声问，"小玲，你想吃什么？我给你夹。"

"我自己来，你吃吧！"我拿着筷子对他微笑了一下。

这时，父亲倒了一杯酒递给小温，他连忙放下手里的筷子，站起身用双手接过酒杯，礼貌地和父亲干了这杯酒。我望着站在旁边端着杯子喝酒的他，感到有些意外，上次听表姐说过他不喝酒，没想到他竟一口气喝完了整杯酒。看到他喝完酒后皱着眉头闭紧口，显得有些难受的样子，我想，他是出于对父亲的尊重和礼貌，才硬着头皮勉强喝的。

母亲微笑着对他说："小温，既然你不嫌弃，以后随时来玩，玲玲很少出门，你来陪她说说话，她很高兴！"

小温面带微笑转过眼看了看我，然后对父亲和母亲说："叔叔、阿姨，你们放心，我会好好地照顾小玲。"

我低着头正拿着勺子舀汤喝，听到他这么说，顿时忍不住抿着唇笑了，觉得他说这话就像是要娶我，在向我的父母作保

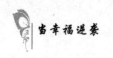

证似的，心里想：这人真没酒量，刚刚只喝了一小杯酒而已，就醉得连话都不会说了。

这时，小温又转过眼来看着我，语气真诚地对我说："小玲，我喜欢你，如果你愿意，我会好好照顾你一辈子。"

听到他突如其来的表白，我意外而又惊讶地抬起头望着他，简直不敢相信他说的是真的。我以为他喝醉了说错了话，也表错了意，可他却神情认真地看着我，眼神里流露出一种真诚的期待，似乎是在期待我接受什么，完全不像喝醉后神志不清的样子。我触电似的收回望着他的目光，低下头看着面前还没喝完的半碗汤，悄悄地在心里想：他是清醒的吗？他知不知道自己在说什么？他怎么可以随便对我这么说……我想着想着，突然想起他从一开始就对我很好，虽然只和他见过两次面，但他对我的关心和照顾，几乎超出了一般朋友的范围，一下子恍然大悟地又想：难道他真的喜欢我？我顿时明白了他为什么对我这么好，心里忽然感到有些不知所措。

我有些慌乱而又紧张地拿起勺子，在面前的碗里不停地轻轻搅着汤，没有抬起头再看他一眼，也没有开口说一句话，突然间不知道该说什么才好，心里一点儿思想准备都没有。

小温注视了我片刻，见我一句话也不说，就转过头收回目光，一边慢慢地拿起筷子夹桌子上的菜，一边和热情招呼他的母亲说话……

吃过午饭后，我像平时一样自然地和小温聊着天，他也像平常和我在一起那样，随意地和我说着一些事情，我们都没有再提刚才那个话题。

过了一会儿，他准备离开时，轻声问我："我改天再来看你，好吗？"

我闭着口望着站在面前的他，敏感地感觉到他话语里包含的意思，意识到他既是在期待我同意他来，又是在借机期待我接受他。我一时不知该怎么回答，也来不及考虑该说什么才好，有些慌乱地偏过头望着窗外，答非所问地说："慢走，路上注意安全。"

　　他沉默不语地注视了我片刻，然后转身走了。

　　我没有转过头目送他离开，也没有对他说再见，不是不想让他再来，而是怕我一旦和他多说话，他又会提到那个我在回避的话题，又会期待我回答或是接受什么，我不知道该怎么回答，也不知道该不该接受。我抿着唇抬起双手托着下巴，若有所思地望着窗外的月季花，心里没有了平常看花时的愉悦，只有一种不知该如何是好的感觉。

第六章

让我心动的真诚

没能改变他的"考验"

几天后的一个下午，小温又来看我了。

他坐在沙发上翻看我的相册，语气有些羡慕地对我说："好多你和阿姨一起照的相啊！"

我忽然想起他很小就没有了母亲，怕他看到这些照片会难过，急忙转开话题说："你往后翻，后面有我和朋友一起照的。"

他望着手里的相册沉默了片刻，抬起眼看着我有些渴望地说："我从来都没有和妈照过相，好想有一个阿姨这样的妈。"

听到他这么说，我既感到同情，又感觉到他是有意在暗示我什么，却不知该说什么才好，只知道拒绝的话会让他难过。我有些不知所措地偏过头望着窗外，故意转开话题说："妈出去摘菜这么久了，怎么还没回来？"

小温以为我在担心母亲，站起身对我说："你先坐着，我去看看阿姨。"

我转过身望着他走出屋门，然后又转过头来望着窗外，陷入了不知如何是好的沉思中。我原本以为他上次向我表白，只是一时的冲动，并没有当真，可他现在又暗示我他的心意，这让我不知该如何跟他相处。我若有所思地望着院子里的桂花树，心里想：他可能还不了解我的生活，等他知道我有很多事情都做不了，或许就会改变想法。想到这里，我决定让他看到一个

"没有用"的我。

过了一会儿，小温和母亲一起从院门外走进来。

我看到他回来了，故意大声叫母亲："妈，我渴了，给我倒杯水来。"

小温听到我的话，快步走到客厅去倒了一杯水，双手端着杯子走到我面前，微笑着递给我说："喝吧，不烫。"

我有些意外地望着他，没有想到他会这么主动地给我端水来，也没有伸手去接他手里的杯子。其实我可以自己去倒水喝，我故意叫母亲帮我倒水，是想让他看到我连倒杯水都做不到，是想让他为此感到意外而改变想法，没有想到他反而让我感到意外。我有些发愣地望着他沉默了片刻，看到他一脸真诚的样子，心里有些感动，慢慢伸手接过了他端着的杯子。

我若有所思地捧着杯子喝了一口水，还不"死心"，还想继续"考验"他，想让他看到我处处需要人"伺候"，想让他"知难而退"。于是，我又故意叫院子里的母亲："妈，我的脚很冷，你来帮我按摩一下。"

话音刚落，小温又主动地说："让我来吧。"

我见他蹲下身准备给我按摩脚，意外而又不好意思地连忙说："不用了，真的不用了。"

可他就像听不懂我说的话一样，蹲在面前把我的脚捧在手里，动作轻柔地给我按摩着。

我张了张口想对他说什么，可又不知道该说什么才好，只感到心里瞬间涌起一种感动。我目不转睛地望着蹲在面前的小温，看到他这么耐心地给我按摩着脚，不禁想起从小到大，几乎没有外人主动为我做过什么，更别说为我按摩这双没有用的脚，默默地在心里想：除了家人，还有谁像他这样对我这么好？

还有谁会为我按摩脚？没有，一个都没有，只有他愿意为我做这些……我抿着嘴唇若有所思地望着小温，没有了想继续"考验"他的想法，心里只有对他的感激。

我本来想让他看到我需要人照顾，想让他知道我有很多事情都做不了，想让他改变喜欢我的想法，没有想到他却毫不在乎这些，他把我以为他不会接受的都接受了。这些想用来使他改变想法的事情，并没能改变他的想法，反而让我确信了他是真的喜欢我，也让我更加对他产生了好感。

吃过晚饭后，我和小温在客厅看了一会儿电视。他看了看墙上的挂钟，轻声对我说："我要回去了，下周星期天我可能不上班，到时再来看你。"

我望着站起身准备离开的他，心里很想留他再多坐一会儿，可又不好意思说，微笑着对他点了点头："好吧，再见！"

我推着轮椅送他走到客厅门口，望着他转身离去的身影，心里很期待下个星期天快些到，准确地说是很期待他再来看我……

他为了我躲避相亲

一连下了几天的雨终于停了，太阳拨开云层又露出了笑脸，洒下满院子明媚的阳光。

"小玲。"

我坐在院子里的花台边看书，忽然听到院门口有人叫了我

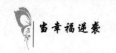

一声，本能地抬起头一看——竟然是小温！我感到很意外，因为他上次走的时候说星期天来，可今天才星期四，而且这会儿才十点刚过，这个时候他应该在工地上班。我有些惊讶地望着他愣了片刻，回过神高兴地说："你怎么来了？"

他走过来看着我微笑了一下，没有回答我的话。

我面带微笑随口又问："你今天没有上班吗？"

"嗯，今天……我没去。"他慢慢弯下腰坐在旁边的花台上，吞吞吐吐地说。

我见他说话有些顾虑的样子，猜想他一定有什么心事，而且是不好说出口的事，不然他不会把话说一半留一半，也不会显得这么难回答我的问题，何况我问的这个问题并不难回答。我望着他正想又说什么，这时他转过眼来看着我，轻声说："如果等会儿我朋友来找我，你就说我没来。"

"为什么呢？"我疑惑地望着他，心里感到更加不解了。

小温没有立刻回答我，他转过头望着花台里盛开的玫瑰花，一语不发地沉默着。

"怎么了？"我关心地又问，"发生什么事了吗？"

他望着玫瑰花沉默了片刻，轻声说："我朋友给我介绍了一个女朋友，今天要带她到工地去见我，我不想和她见面。"

我闭着口目不转睛地望着他，听了他的话，顿时明白了他为什么没有去上班，疑惑不解的心这才知道了答案。我没有想到会是这样的事情，心里感到很意外，一时不知该说什么。我低下头望着腿上的书，若有所思地随手乱翻着，悄悄地在心里想：原来，他是不想见别人给他介绍的女朋友，才到我这里来躲避相亲……难道，他是为了我才躲避相亲的吗？我敏感地想到这里，有些不敢相信地停下乱翻书的手，盯着书上的字又想，一定是的，不然他不会到我这里来，他一定是不想说假话骗我，一定是怕我知道了会不高兴，才显得这么不好对我说这件事。想到这里，我忽然感到心里有些慌乱，一下子不知道该怎么办，双手不停地又乱翻着腿上的书。

这时，小温看着我，语气真诚地又说："小玲，我喜欢你，我只想和你在一起。"

我停下乱翻着书的双手，有些慌乱地抬起眼望着他，看到他神情认真地注视着我，心里感到有些不知所措，也不知该说什么才好。我目光躲闪地眨了眨眼睛，转过头望着旁边的一盆花，没有开口说话，只是默默地在心里想：他既然喜欢我，他的朋友为什么还要给他介绍对象？是他的朋友不知道吗？还是他的朋友反对他和我交往？我缓缓低下头轻轻抿了抿嘴唇，心里又想，我是一个残疾人，他是一个健全人，他和我在一起，他的朋友一定会反对……可能他的朋友就是反对他和我交往，所以才给他介绍比我更好的女孩。想到这里，我心里不禁掠过一丝莫名的难过，这种感觉让我清楚地意识到，我其实真的很在乎他，很不想让他和别的女孩相亲。

我抬起手捋了一下耳边的长发，轻轻扬起眼睫毛又望着旁边的小温，想不再回避他对我的感情，想接受他，见他若有所思地望着远方的某一处，似乎是在考虑什么，又有些顾虑地把想说的话咽了回去。我收回望着他的目光，转过头望着随风摇曳的玫瑰花，在说与不说之间犹豫着……

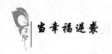

我在他心目中的美好

吃过午饭，小温坐在花台边和我聊天，一位邮递员从院门口走进来，给我送来厚厚的一沓信。

"一、二、三、四……"我把这些信放在腿上数了数，一共有十几封，都是通过电台结识的朋友给我写的。

"这么多信呀！"小温有些惊讶地看着这些信，想起什么似的对我说，"我听过别人给你点的歌，还有你给朋友点的歌。"

"你在哪里听到的呢？"我低着头一边看信，一边问他。

"我忘了是哪个电台，就是那个'吉祥鸟'节目。"小温双手揣在裤兜里想了想，又对我说，"你值得很多人学习。"

我有些不解地抬起头望着他，疑惑地问："我有什么值得学习的？"

"当然有了，"小温认真地说，"学校不收你，你一个人在家刻苦自学，比一些在学校读书的人还学得好。"

听到他这么夸我，我有些不好意思地笑了笑，低下头又看着手里的信，语气否认似的问他："你怎么知道，我比一些在学校读书的人还学得好？"

"我看到你的写字台上贴着课程表，"他伸出揣在裤兜里的右手，随手捡起花台上的几片花瓣，放在手心里看着说，"你给自己规定好了哪些时间学什么，我每次来都看到你在看规定看的书，还有你的字也写得很好，有些读书的学生都没有你这么自觉，他们写的字也没有你写得好。"

　　我抬起头睁着一双大眼睛望着他，听到他这么说，心里感到有些意外和惊讶——我一直都没有发觉，他每次来家里看我，除了主动帮我做一些事，竟然还留意到我看的什么书，甚至还注意到那张不显眼的课程表。我有些不好意思地笑了笑，转过眼望着花台里盛开的红玫瑰，悄悄地在心里想：天啊，他什么时候看过我的课程表？他一定仔细看过那上面的学习时间，不然他不会知道我规定的时间，也不会知道我什么时候看什么书。我闭着口悄悄地想着这些，突然发现面前这个一向话不多的人，竟是如此细心的人。

　　小温丢掉手里的几片玫瑰花瓣，转过头看着我又说："虽然你不能走路，但是你很坚强，你喜欢笑着和别人说话，还很关心别人，一些能走路的健全人还不如你好……"他说着停顿了一下，转过眼望着对面长满绿叶的葡萄架，若有所思地想了想，认真地又说："我以前交过一个女朋友，她整天打麻将，好像活着就是为了自己吃好、玩好，还总是嫌我挣的钱太少，根本没有真正关心过我。"

　　他的话让我感到很意外，我没有想到，我在他的心目中比一些健全人还好，也没有想到，他会对我说起以前的女朋友。我一语不发地望着他，不是不高兴听他说起以前的女朋友，而是听到他把我说得这么好，心里不禁涌起一种感动，默默地想：从小到大，很多人都看不起我，从来都没有人说我比健全人还好……我若有所思地望着面前的小温，眼眶里不禁升起一层热雾，渐渐模糊了我的视线。

　　小温慢慢站起身随意走了几步，我怕他看到我眼里的泪光，慌忙低下头假装看腿上的一封信，悄悄地在心里想：他是因为

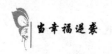

这些才喜欢上我的吗？可他并不知道，我其实并没有他想的那么坚强勇敢，我连他对我的感情都没有勇气接受……想到这里，我心里忽然变得有些乱，不知道该和他做恋人，还是该和他做普通朋友。

我抿着嘴唇深吸了一口气，慢慢放下手里拿着的一封信，倚靠在轮椅后背上缓缓抬起头，仰望着天空中悠悠飘浮的几朵白云，想为犹豫不定的心找一个方向。

他第一次背我出门

午后的天空很蓝，一群鸽子在空中自由自在地飞着，它们牵引着我的目光，使我仰着头看得有些入神……

"在想什么呢？"小温站在旁边轻声问我。

"没有想什么，"我望着那群越飞越远的鸽子，说，"我在看那群鸽子。"

小温也仰起头看了看那群鸽子，然后又问我："你喜欢鸽子吗？"

"不是，我只是喜欢看它们飞。"我仰着头随口回答。

小温看着我想了想，又说："想不想出去走走？我们去滨江路玩吧。"

"去滨江路玩？"我有些惊讶地转过头看着他。

"嗯。"他神情认真地点了点头，似乎已经做好了要带我出去玩的准备。

我望着站在身边等待答复的小温，忽然想起自己很久都没出过门了，很久都没去过滨江路了，脑子里顿时想起滨江路的风景：柳枝低垂的林荫小道、沿岸奔流不息的江水，迎面吹来的阵阵江风……想到这些吸引我的风景，我不禁有些想去滨江路看看，可又想到自己出门很不方便，需要他先把轮椅扛到公路边（大约要走 5 分钟的小路），然后又返回来把我背到公路边，再推着我去滨江路，心里又犹豫了。

　　我慢慢垂下睫毛望着腿，轻声对他说："我不方便去，你自己去吧。"

　　小温似乎看出了我心里的顾虑，他很乐意似的对我说："没关系，我先把轮椅搬到公路边去，再回来背你。"

　　我抬起眼看到他很真诚的样子，一下子不知该拒绝，还是该同意。

　　小温把我的犹豫不定当成了默认，他没有等我开口说话，弯下腰把我从轮椅上抱起来，轻轻地放在旁边的花台上坐着，然后转过身去搬轮椅。

　　我坐在花台上目不转睛地望着他，见他弯着腰先将轮椅折合起来，然后用右手提着轮椅的扶手，左手抓紧轮椅的轮胎外圈，动作缓慢地举起来扛在肩上。我不知道轮椅有多重，只见他把轮椅举到肩上的时候，手背上鼓起几根平时看不见的粗筋，这个动作让我明显地看出他很费力。

　　"轮椅是不是很重？"我担心他扛不动，关心地问。

　　"不是很重，"小温扛着轮椅一边往门外走，一边很轻松似的对我说，"你等一会儿，我很快就回来背你。"

　　"嗯，走慢点。"我担心他走快了会累，急忙嘱咐他。

　　我望着小温扛着轮椅走出门的身影，若有所思地坐在花台

上想:"从小到大,除了妈会这样不怕辛苦、不嫌麻烦地背我出去玩,就连爸也从来都没有为我这样做过,爸都没有为我做过的事情,他这个跟我没有任何关系的人,竟这么主动而又尽心尽力地做着……"想到这里,我心里不禁充满了感动和感激,一股热乎乎的东西从心底涌上眼眶,迅速模糊了我的视线。我抿着唇深呼吸了一口气,收回望着院门口的目光,仰起头望着天空中的一朵白云,不想让蓄满眼眶的热泪流出来。

过了一会儿,小温放好轮椅回来背我时,我看到他的额头上渗着许多汗,不知是扛轮椅太累了,还是在路上走得太快了。我望着蹲在面前准备背我的小温,把手伸进衣服口袋里摸出一

小温不怕辛苦推我出门去玩

张纸巾,感激地对他说:"我给你擦擦汗吧!"

"没事,不用了,我们走吧。"小温转过头看着我微笑了一下,似乎一点儿也不累。

我望着他额头上的那些汗珠,知道他是故意在我面前显得不累,心里不禁感到有些沉甸甸的,一下子不知道该对他说什么才好。我抬起拿着纸巾的右手,伸到他额头前正想为他擦汗,这时他用双手轻轻拉着我的两只手,把我

的手围抱在他的脖子上，然后用双手揽着我的后背，弯着腰背着我慢慢地站起身，一步一步地往院门外走去……

我伏在小温背上望着路边的庄稼地，不是在注意看地里种的那些蔬菜，而是在想："好久都没有经过这条路了，平时妈没有时间背我出门，更没有哪个外人会背我到这里来，只有小温会这样不怕累地背我出来，背我走这条爬坡上坎的路……"想到这里，我又感到眼睛一阵发热，心里充满了对他的感激。我偏着头把脸贴在小温的肩膀上，轻轻张了张口想对他说些什么，可又一句话也没说出来，只是用湿热的双眼望着他脚下的路……

滨江路上的快乐

滨江路的小道两旁，盛开着姹紫嫣红的鲜花，阳光从稠密的柳枝缝隙间洒落下来，照在地面上就像铺了一地的碎银。

小温推着我走在滨江路的小道上，阵阵清爽的江风迎面吹来，使我感到心旷神怡。我面带微笑偏着头四处张望，觉得眼前的一切都很新鲜，情不自禁地感叹了一句："这里好美啊！"

"我们去那边看看吧。"小温指了指前面的码头，推着我慢慢地往前走。

我转过头向前面不远处的码头望去，只见波光荡漾的江面上，有几艘货船正在缓缓行驶着，偶尔传来一声悠长的汽笛声。靠近码头的这段小道上有许多游人，有的并肩走在一起窃窃私

语，有的坐在路边的长椅上说说笑笑。

"走累了吧?"我回过头望着身后的小温，微笑着对他说，"我们在这里坐一会儿吧!"

"好的。"小温把我推到旁边的长椅边停下，弯下腰伸手刹好轮椅刹车，不慌不忙地在长椅上坐下来。

我抬起手捋了一下被风吹乱的长发，转过眼向长江对岸望去，看见对面的山一座连着一座，葱茏的树木就像给大山披上了青衣。山脚下那些拔地而

小温推我出门散步

起的白色高楼，在阳光的照射下显得格外醒目。我静静地望着远处的风景，感觉就像是在看一幅美丽的山水画，心里感到十分舒畅而又惬意。

"你看，那是什么?"小温突然开口问我。

我转过头顺着他手指的方向望去，看到右面的草坪上有一棵树，长得很像仙人树，只是比一般的仙人树高大很多，有些惊讶地说:"好大的仙人树呀!"

"那是仙人树吗?"小温否认似的又问。

听到他语气否认似的反问，我以为自己认错了，心里感到出了"洋相"而不好意思。我偏着头看了看那棵仙人树，又转

过眼来看了看坐在旁边的他，有些不确定地问："那不是仙人树，是什么呢？"

小温看着我笑了笑，轻声说："那叫'你怕我'。"

"我怕你？"我反应迟钝地反问了一句，看到他脸上有些诡秘的笑容，顿时恍然大悟地意识到自己"上当"了，又好气又好笑地说，"亏你想得出来。"

我说完，垂下双臂松开轮椅刹车，推着轮椅转过身慢慢地往前面走。其实我并没有生气，我知道他是故意在逗我，也感觉到他这种"故意"中包含的感情，这使我有些不好意思面对他，也不想让他看到我有些发红的脸颊，只好转过身避开他注视我的目光，不想让他发现我心里的羞涩。

小温以为我生气了，急忙站起身走到身后推我，微笑着妥协似的对我说："好了，好了，你不怕我，我怕你。"

我回过头看了看他，见他一副认输投降的样子，不禁抿着嘴唇笑了笑，心里荡漾起幸福而又甜蜜的感觉。我知道他其实并不怕我，他是真心喜欢我，才会对我这么好，才会什么都愿意让着我。我含笑望着面前洒满阳光的小道，还有小道旁边的那些红花绿草，忽然很想让这段路变长一些，很想让小温推着我一直往前走，很想让心里这种幸福、甜蜜的感觉持续下去……

小温一边慢慢地推着我走，一边和我说笑着聊天。有两位白发老人从对面走过来，那位老爷爷右手拄着拐棍，左手牵着身边那位老奶奶的右手，看上去像是一对夫妻。他们从旁边经过时，那位老奶奶慈眉善目地看了看我，又看了看身后推我的小温，微笑着对身边的老伴说："你看，他们俩在一起很幸福！"

听到老奶奶的话，小温反而停止了说笑，站在身后不知道在想什么。我也不好意思地闭上口不说话了，不知道该说什么。

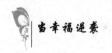

我抿着唇望着往后面走的老奶奶，悄悄地在心里想：她把我们俩也看成夫妻了吗？我偏着头眨了眨望着老奶奶的眼睛，顺眼看了看身后的小温，有些不好意思地笑了笑，然后又转过头来望向前方。

小温推着我慢慢地继续往前走，夕阳的余晖从西边斜射过来，把我们的身影照在地上拉得很长。我倚靠在轮椅上望着天边的云霞，若有所思地在心里想：我们在一起真的会幸福吗……

深情如霓虹般美丽

天色渐渐黑了，远处那些高楼上又亮起了霓虹灯，在夜色里闪烁着醒目的彩色灯光。

我坐在窗前望着远处那些灯光，静静地想着一些事情。这时小温从外面走进来站在旁边，一边伸手拧亮写字台上的台灯，一边轻声问我："在想什么？怎么不开灯呢？"

"没有想什么，"我坐端倚靠着轮椅的身体，微笑着对他说，"你看，那些灯光真好看！"

"嗯，是很好看，不过被前面那些树遮挡了很多。"小温望着窗外想了想，又说，"我抱你到屋顶上去看吧，上面没有东西遮挡，能看见更多的灯光。"

"去屋顶看？"我有些惊讶地转过头看了看他，又仰着头看了看天花板，想到去屋顶要上十多级台阶，担心他抱着我上去会很累，摇了摇头说，"就在这里看吧，你抱我上去会很累。"

"不累，走吧！"小温说着，弯下腰伸出双手来抱我，他用左手揽着我的背，右手搂住我的脚腕，慢慢地把我从轮椅上抱起来，然后转过身往外面的楼梯间走去。

我双手搂住他的脖子，目不转睛地注视着他的脸，看到他满脸乐意的神情，心里不禁涌起一种温暖的感觉，同时也涌起一种感动和感激，一时竟不知该说些什么才好。

小温抱着我走到楼梯口时，突然停下脚步，他把左脚踩在面前的一级台阶上，用弯曲着的左腿撑着我的臀部，轻轻松了松搂着我脚腕的右手，不知是没有抱稳，还是手抱得有些累了。

"我是不是很重？"我望着他轻声问，心里有些担心他抱不动。

"你大概只有七八十斤，我上班有时候扛的东西都比你重。"他面带微笑很轻松似的对我说，然后调整了一下双手的姿势，鼓起劲又抱着我一步步地走上楼梯。

我不知道自己到底有多重，只感觉到他上楼的脚步慢了许多，并不像他平时上楼那样轻松自如。我知道他是故意说得这么轻松，也知道他不管为我做什么，都不会表现出很累的样子。我望着小温感激地微笑了一下，偏着头把脸贴在他温暖的胸前，心里充满了感动和幸福。

小温把我抱到屋顶上的栏杆边，轻轻地把我放在石凳上坐着，然后转身在旁边的栏杆上坐下。我转过眼正想看远处的霓虹灯，见他坐在离地面三米多高的栏杆上，吓得脱口说道："不能坐在这上面，多危险呀，快下来。"

他却无关紧要地说："看你大惊小怪的样子，我上班在三十多层高的屋顶干活，比这里高多了。"

　　"万一不小心掉下去怎么办?"我惊讶地睁着一双大眼睛望着他,关心地嘱咐道:"不管在哪里,都要注意安全!"

　　小温看着我笑了笑,站起身走过来蹲在我面前,双手捧着我的右手说:"从来没有人这样担心过我,也没有人叫我注意安全,有你关心真好!"

　　我望着满眼深情的他,听到他情意绵绵的话,顿时感到脸颊有些发烫。我不好意思地缩回他捧着的手,有些慌乱地捋了一下耳边的长发,转过头望向远处那些霓虹灯光,心里想:他对我这么好,我关心他也是应该的,何况……我喜欢他,我希望他好好的。想到这里,我发现自己已经喜欢上了他,脸上不禁露出羞涩而又甜蜜的笑容。

　　小温蹲在面前静静地注视了我片刻,神情认真地对我说:"你喜欢看霓虹灯,以后让我每天都陪你看,好吗?"

　　听了他的话,我心里顿时涌起一种温暖和感动,我转过头默默地望着他,心里想:每天都陪我看霓虹灯,有谁会对我说这样的话?有谁会愿意这样陪我看?没有,就连疼爱我的爸妈,也从来都没有对我这样说过,更从来都没有这样陪我看过。我望着蹲在面前满眼期待的小温,心里充满了对他的感激,很想点头对他说"好",很想接受他对我的感情,可又顾虑到自己的残疾,不敢轻易接受他代表一生的"每天"。

　　我抿着唇望着他沉默了片刻,缓缓垂下睫毛收回目光,又转过头望向远处闪烁的霓虹灯,在犹豫不决中陷入了沉思……

第七章

让自己心痛的决定

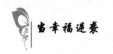

我要接受他吗

晚上，淡淡的月光从夜空中洒向大地，仿佛是一双温柔的手，轻轻地抚摸着大地入睡。

我睁着眼静静地侧躺在床上，半边脸贴着软绵绵的枕头面颊，若有所思地望着窗外的夜空，回想着小温推我在滨江路玩的画面，回想着他陪我一起看霓虹灯的情景，回想着他对我说的那些话……此刻，小温和我在一起的一幕幕，就像倒录像带一样在我脑子里重现着，使我心里荡漾着幸福温暖的感觉，脸上不禁露出一丝甜蜜的笑容。

"他是个健全人，长得不丑，也不傻，为什么会喜欢我这个走不动的人？为什么想和我在一起呢？"我静静地回想着和他在一起的情景，感觉这一切就像是在做梦一样，有些不明白他为什么喜欢我，为什么想和我在一起，心里不解地想，像他这样帅气的年轻人，应该喜欢能走会跳的女孩，喜欢那种自由自在地轻松和浪漫，而我什么都做不了，他知道自己在做什么吗？他真的已经想好了吗？真的已经考虑清楚了吗？我抿着唇眨了眨望着窗外的眼睛，翻过身平躺在床上望着天花板，脑子里装满了这些没有答案的问题。

他是认真的，他对我真的很好，这不是他装出来的，他也没有必要假装对我这么好，更没有必要长时间这么装，他是真的喜欢我！想到小温为我所做的一切，我确信他对我的好不是假装的，也确信他对我的感情是真挚的。我呢？我喜欢他吗？我要接受他吗？脑子里有一个声音在不停地问我，问得我心里忽然有些慌乱，我不知道该怎么回答，随意翻过身又望着窗外的夜空，静静地想着这些问题。

"我喜欢他，想和他在一起，可我们现在不是天天在一起，只是偶尔才见一次面，如果以后我们在一起的时间长了，难免会有磕磕碰碰的时候，难免会有不愉快的时候，那时候他会后悔吗？他还会不嫌弃我吗？还会像现在这样对我好吗？"一连串的问题从我脑子里冒出来，我不知道该到哪里去找答案，心烦意乱地翻过身平躺着，望着天花板上的吊灯想停止思考。

这时，母亲从门外走进来见我睁着眼，关心地问："玲玲，怎么还没睡？"

我偏过头望着旁边的母亲，不想让她知道我心里想的事情，轻声回答："睡不着。"

"十点过了，早点睡吧！"母亲说着，走到衣柜前拿了几个晾衣架。

"妈，你也去睡吧。"我看了看母亲手里的晾衣架，轻声说。

"你先睡吧，我还要去给你爸洗衣服，他明天上班好穿。"母亲走过来帮我盖好被子，然后转身走出了房间。

我躺在床上睁着眼望着天花板，依然没有睡。窗外传来"哗哗"的流水声，还有刷子与衣服摩擦的"唰唰"声，是母亲在院子里的水池边刷洗衣服，她每晚都会把父亲换的衣服洗好，第二天衣服干了，父亲就可以再穿。在我的记忆中，父亲和母亲一直都很好，父亲很勤快，他每天下班后总是主动帮母亲干活，而母亲也很体贴父亲，她宁愿自己辛苦地多做一些事情，也不让工作劳累的父亲洗衣服。

想到父母在一起生活互相体贴、互相帮助，我不禁又想起小温，又想起我和他之间的事情：如果我们在一起生活，有很多事情我都做不了，有很多事情都需要他去做，他会很辛苦，每天要上班、要做家务、要照顾我，要是以后有了孩子，他还要照顾孩子，整天围着我和孩子转……我若有所思地望着天花板，想到这些我什么都做不了的情景，仿佛看到小温手忙脚乱的样子，仿佛看到自己坐在轮椅上看得到、做不到，心里承受着无奈和痛苦的煎熬。

"不，我不要这样!"我有些恐惧地在心里叫了一声，心烦意乱地闭上眼使劲摇了摇头，不敢继续往下想，不敢让想象中的情景真实地出现。我闭着眼睛深呼吸了一下，又轻轻扬起眼睫毛望着天花板，默默地在心里作出一个决定——拒绝小温的感情，只和他做普通朋友。

故作坚强拒绝他

几天后的一个下午，阴沉沉的天上布满了乌云，仿佛预示着一场大雨即将落下。

我坐在书桌边乱翻着一堆书找书签，这时小温来了。他俏皮地对我说："你一本一本地看书不过瘾，要一堆一堆地看呀?"

"我在找书签。"我翻着书随口回答。

"什么书签? 我帮你找吧。"他随手拿起书桌上的一本书翻了翻，又拿起另外一本书找了找，从中取出一张紫色的书签递给我："是这张吗?"

我抬起眼看见正是要找的书签，微笑着伸手去拿："就是这张，谢谢啊!"

"谢什么，"小温看着我情意绵绵地说，"我帮你做这些是应该的，不是为了听你谢我。"

我望着面前满眼深情的小温，敏感地感觉到他想表达什么，也明白他是为了什么，心里忽然变得有些慌乱，一下子不知道该说什么。我低下头望着手里的书签，默默地在心里想：我不能接受他对我的感情，我应该表态拒绝他。我抿着唇深呼吸了一下，决定给他一个明确的答复。

"小温，"我转过头望着他犹豫了片刻，有些不舍地说，"我们……不适合在一起。"

他听了我的话，顿时收起脸上的笑容，满眼意外而又疑惑地看着我问："怎么了? 我做错什么了吗?"

"不是，你没有做错什么，"我望着一脸真诚而又无辜的小温，心里很不忍心拒绝他，可又不想以后拖累他。我转过头望着窗外阴沉沉的天空，有些难过地说："我是个残疾人，你应该去找个健全人做女朋友，这样你才会幸福。"

小温蹲下身捧着我的双手，语气真诚地对我说："我不在乎你残疾，我喜欢你，和你在一起就很幸福。"

听了他的话，我心里顿时涌起一种感动。我转过头望着蹲在面前的他，看到他眼神里流露出的深情和真诚，心里很舍不得拒绝他，很不想说这些违心的话，可又不想以后会拖累他，为了让他以后生活得更幸福，我只能故作坚强拒绝他。

我缓缓垂下睫毛望着他捧着的手，轻轻将手从他的掌心里抽出来，转过头抿着唇望着窗外深吸了一口气，忍着心里的不

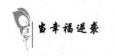

舍轻声对他说："我们……做普通朋友吧！"

"不，我不想和你做普通朋友，"小温看着我沉默了片刻，轻声问，"你是不是看不上我？"

他的话让我感到很意外，我没有想到他会这么说，也没有想到他会这么想——他都没有看不上我这个残疾人，我怎么会看不上英俊帅气的他，更何况我是喜欢他的。我转过头望着他正想张开口解释，又想到这正好是拒绝他的"理由"，于是悄悄咽下原本想说的话，低下头违着心艰难地对他说："我……只想和你做普通朋友。"

小温听了我的话，慢慢站起身一语不发地看着我，眼神里充满了失望和难过，仿佛他的心在迅速往下沉，又仿佛是在告诉我——他真心喜欢的人，竟然如此无情地拒绝了他。我抬起眼看到他失望难过的样子，顿时感到心里一阵发痛，眼睛一阵发热。我怕他看出我内心的真实想法，慌忙垂下睫毛收回含着泪的目光，双手推着轮椅往妹妹房间走去，想用这样的方式逃避他的眼神，逃避让自己心痛的这一幕。

我伏在妹妹屋里的写字台上，闭着湿热的双眼静静地坐着，这时小温端着一杯水走进来，站在旁边轻声对我说："喝点水吧！"

我没有想到，他沉默片刻后会跟进来，也没有想到，他还会像往常那样给我端水来，这让我发痛的心里顿时充满了感动，还有深深的感激和愧疚。我缓缓抬起头睁开眼望着窗外，没有转过头去看他，也没有开口对他说话，我怕让他看到我发红的眼睛，怕自己再也说不出"狠心"的话。我故作平静地望着远处的山，想以此掩饰心里的不舍和痛，装出一副毫不在乎他的样子。

小温在旁边静静地站着，似乎是在等我开口收回拒绝他的话，又似乎是在想什么。他见我心意已决似的不肯再理他，随手把杯子放在面前的写字台上，然后像下了决心一样转过身，头也不回地走了……

　　听到他转身越走越远的脚步声，我心里就像被掏空了一样痛，眼泪瞬间涌上眼眶直打转。"对不起，对不起……"我含着泪转过头望着他离去的方向，心痛地咬紧嘴唇闭上眼，任眼里的泪水夺眶而出。

不知是对还是错

　　傍晚，我昏昏沉沉地躺在床上醒来，隐约听到客厅传来一个人的抽泣声，还有母亲轻言细语安慰谁的话，一时不知发生了什么事，就望着半开的卧室门悄悄地听。

　　"跟他结婚这么多年，他从来都没有关心过我，想什么时候打我就什么时候打我……"说话人的声音很熟悉，是母亲的一个朋友，她伤心地哭着说。

　　"别太难过了，你在生病，自己要保重身体。"母亲轻声安慰她。

　　"我和他没有感情，这种日子我再也过不下去了，活着也没意思……"那位阿姨抽泣着继续说。

　　我静静地听明白了——原来，阿姨又被自己的丈夫打了，她的话语里透露着伤心和绝望，明显地让我感觉到了她心里的

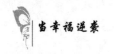

痛苦。我收回望着门口的目光，转过头望着天花板，忽然想起去年冬天的那个凌晨，大概三点钟左右，我正躺在温暖的被窝里睡觉，这个阿姨突然敲开了我家的门，她进屋的时候，我看到她披散着湿漉漉的头发，全身的衣服也湿透了，额头上还有一处流着血的伤口，她哭着说丈夫打她，还用冷水把她全身都泼得湿湿的……想到这一幕，我不禁打了个寒战，觉得她的生活太可怕了。

"不管遇到什么事，自己要想开些。"

母亲正说着话，这时传来了父亲的声音："吃饭了，你去抱玲玲起来吧。"

母亲走进屋把我抱到轮椅上，然后推着我走到了客厅的饭桌边。我看了看坐在旁边的阿姨，她一只手摆放着桌上的碗筷，一只手擦着脸上还没干的眼泪。我微笑着礼貌地跟她打了个招呼，然后把目光从她身上转移到饭桌上，装作什么也没有看出来，我怕自己关心的目光反而让她难过。

"我随便炒了点小菜，吃吧，别拘礼。"父亲客气地招呼着阿姨。

"嗯，我吃了的。"阿姨轻声应道。

饭桌上的菜真的很简单，只有一盘糖醋白菜和一盘土豆丝。虽然菜不多，但我知道这肯定是父亲特意做的，因为平时几乎都是吃中午剩的菜，晚饭很少这样炒菜来吃。

"爸，你炒的菜味道不错，"妹妹嚼着嘴里的土豆丝，对父亲说，"手艺超过我妈了！"

父亲幽默地笑着说："你不怕你妈听到不高兴啊？"

这时母亲接过父亲的话，也笑着说："不会，你每顿都来炒菜好了，这样她妈会很高兴！"

"呵呵。"我听到母亲这么说，抿着唇笑了笑。

坐在我旁边的阿姨也笑了笑，她羡慕地说："你们一家人真好，在一起有说有笑的，这比什么都好！"

我转过眼看了看坐在旁边的阿姨，虽然她脸上的神情显得很平静，可我却从她的话里听出了一种沉重——我明白阿姨这么说的意思，也理解她这种沉重的心情，虽然她家的物质条件比我们家好很多，可她过得并不幸福，也不快乐。我轻轻张了张闭着的口，想说些什么安慰阿姨，又不知该说什么才好，于是垂下睫毛望着面前的饭碗，一边用手里的筷子夹着碗里的饭粒，一边默默地在心里想：阿姨说得对，一家人在一起有说有笑的比什么都好，虽然我们家没有她家那么富裕，但我们过得很快乐，一家人相亲相爱才是最重要的。想到这里，我突然明白了，幸福的生活不是需要有丰富的物质，而是需要有温暖的亲情。

"是啊，再穷再累都不怕，就怕在一起生活的人没有感情，不会相互关心照顾。"母亲有些感触地接过阿姨的话。

听到母亲这么说，我不禁又想到了小温，又想到了我和他之间的感情，心里默默地想：我拒绝了他，想让他去找一个健全人做女朋友，可如果以后他和那个人没有感情，就像阿姨和她的丈夫一样，那他会生活得幸福快乐吗？想到这里，我心里一下子变得有些乱，我不知道该怎样回答这个问题，也不敢想这个问题的答案，只觉得自己做得好像并不对。我若有所思地望着面前的饭菜，心里又有些难过地想：感情是很重要，可两个人在一起生活不是只有感情，还有很多事我都做不了，我不能拖累他一辈子……

我心事重重地转过头望着窗外，不知道自己拒绝小温是对还是错，只感觉心里很沉、很痛……

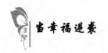

母亲的话启发了我

吃过晚饭，我趴在亮着台灯的写字台边，难过地闭着眼听收音机。

母亲推开门走进来见我趴着没动，以为我困了，轻声对我说："玲玲，到床上去睡吧。"

"妈，我没睡，"我睁开眼慢慢坐起身靠着轮椅，无精打采地说，"我在听收音机。"

母亲弯下腰在旁边的床上坐下，若有所思地沉默了片刻，对我说："玲玲，其实小温早就知道你的情况了，他一点儿都没有嫌弃你走不动。"母亲说到这里停顿了一下，解释似的又说，"是你表姐介绍他和你谈朋友的，我们一直没有告诉你，怕你以为我们想把你嫁出去，就让小温先和你交往一段时间。"

母亲的话让我感到很意外，我没有想到事情竟会是这样，没有想到他竟是表姐给我介绍的对象。我有些惊讶地转过头望着母亲，一时不知道该说什么，恍然大悟地在心里想：难怪他从一开始就对我很好，难怪他不肯和我做普通朋友，原来他一直都把我当女朋友看待！我突然明白了小温对我的用心，明白了他为什么对我这么好。我抿着唇转过眼望着面前的收音机，心里又想：他这么做，不就是为了想让我感觉到他的心吗？不就是为了想等我接受他吗？可我却伤了他的心……我难过地垂下睫毛望着地面，心里忽然感到很对不起小温。

"小温是真心喜欢你，"母亲看着我，轻言细语地问，"你跟妈说实话，你是怎么想的?"

我缓缓扬起眼睫毛望着面前的台灯，没有立刻回答母亲的话，闭着口默默地在心里想：其实我真的很想和他在一起，可我什么都为他做不了，我给不了他健全人该有的快乐，给不了他健全人该有的幸福，甚至连给他洗衣煮饭都做不到……想到这些，我心里有一种无奈而又痛苦的感觉。

我难过地闭上发热的眼睛沉默片刻，微微张开口轻轻地吸了一口气，坦白地对母亲说："妈，我其实喜欢他，可我怕以后会成为他的负担，怕以后无法让他过得很幸福。"

"不要这么想，"母亲接过我的话，语重心长地说，"只要小温不嫌弃你，你也看得上他，你们俩有感情、性格合得来，以后在一起生活就会幸福。"

我转过头抬起眼望着母亲，她的话突然间点醒了我，顿时给了我一种勇气和力量，使我就像一个昏迷后渐渐苏醒的人，开始重新考虑我和小温之间的事情：也许妈说得对，既然小温都没有嫌弃我走不动，我为什么要顾虑这么多? 为什么要想到因自己残疾而拒绝他? 为什么不好好珍惜他对我的感情? 想到这些之前没有想过的问题，我忽然觉得自己不该拒绝小温。

我抿着唇眨了眨望着母亲的眼睛，转过头一动不动地倚靠着轮椅后背，若有所思地望着面前亮着的台灯，默默地又在心里想：幸福，什么是幸福呢? 健全人和健全人在一起就会幸福吗? 有吃有穿就会幸福吗? 不是的，那些走得动的人不一定都过得幸福，如果两个人在一起生活，没有感情、性格也不合，那样不但不会过得幸福，反而会过得很痛苦。我忽然想起傍晚来的那位阿姨，她当初为了物质，嫁给了和她性格不合的人，

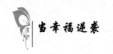

他们夫妻俩几十年来经常吵嘴打架，一下子明白了什么是真正的幸福，幡然醒悟地想：只有彼此有感情、性格合得来的人在一起，才会生活得幸福快乐。

我若有所思地低下头望着双腿，心里又想：残疾阻碍了我行动的自由，我为什么还要让它阻碍自己的感情？如果让我和自己不喜欢的人在一起，我会感到幸福吗？如果让小温和他不爱的人在一起，他又会过得快乐吗？不会，那样我们都不会生活得幸福快乐。想到这里，我意识到自己真的错了，真的不该拒绝小温，心里真的感到很后悔。

我难过地深呼吸了一口气，轻轻抬起头若有所思地望着窗外，看到远处那些在夜色中闪烁的灯光，不知道自己接下来该怎么做，只知道心在发痛，眼睛在发热，视线渐渐变得模糊不清……

我后悔不该拒绝他

夜色染黑了窗外的一切，只有远处的高楼上亮着一盏盏彩灯，静静地闪烁着五颜六色的光……

我独自坐在窗前的写字台边，若有所思地望着远处那些灯光，脑子里又想起和小温在一起的画面：他抱着我到屋顶去看霓虹灯；背着我走对面那条蜿蜒小路；推着我在滨江路聊天说笑……我想着想着，心里不禁很怀念和他在一起的时候，嘴边掠过一丝甜蜜而又苦涩的笑容。

他不会来了，他离开我了……是我拒绝了他，是我伤了他的心。想到小温走的时候头也不回的样子，想到他看我时那种伤心绝望的眼神，我心里感到很后悔，后悔不该伤他的心，不该拒绝他的感情。我失去了一个真心喜欢我的人，再也不能和他在一起聊天说笑，再也得不到他对我的关心和照顾，我失去他了，真的失去他了……我难过地抿着唇眨了眨湿热的眼睛，缓缓垂下睫毛收回望着窗外的目光，低下头伏在面前的写字台上闭着眼，任心痛后悔的感觉在心里扩散。

第二天早上，下了一夜的雨渐渐停了，天空又恢复了晴朗和宁静。

我无精打采地坐在写字台边梳头，目光呆滞地望着面前的镜子，发现镜子里的自己一夜之间变了，变得没有了往常照镜子时的笑容，也没有了往常梳妆时的愉悦神情，只有满眼忧郁和一脸愁容。

这时，母亲提着一个包从门口走过来，站在旁边对我说："玲玲，妈要去上街，你想不想买什么东西？"

我慢慢放下手里拿着的梳子，轻轻眨了眨望着镜子的眼睛，转过头看着母亲轻声回答："妈，我不想买什么，你去吧。"

"那我走了。"母亲说完，转过身走出了房间。

我倚靠着轮椅后背慢慢转过头来，无精打采地抬起眼望向窗外，心里忽然涌起一种很孤独的感觉。我想要什么呢？我到底想要什么呢？我若有所思地望着远处看不清的山，静静地想着刚才母亲问我的话，不自觉地又想起小温，又想起我拒绝他的情景，默默地在心里想，我拒绝了自己喜欢的人，失去了自己在乎的感情，失去了一种再也得不到的幸福，还有什么是我想要的呢……我想着想着，感到心里一阵发痛，眼睛一阵发热。我抿着唇缓缓垂下扬着的眼睫毛，难过地伏在写字台上闭着双眼，

心里很希望这件事情是一场梦，一场醒来后就不存在的噩梦。

房间里很寂静，静得仿佛空气都凝固了。只有墙上的挂钟嘀嗒嘀嗒地响，仿佛是在安慰我，又仿佛是在提醒我——我和小温无法再回到过去了。

我闭着眼一动不动地伏在写字台上，心痛地咬着嘴唇沉默了一会儿，缓缓扬起睫毛睁开湿热的双眼，微微张开口轻轻地吸了一口气，默默地在心里想：如果可以重新选择，我不会拒绝他了，不会伤他的心了，我会毫无顾虑地接受他，会好好珍惜他对我的感情，会用我全部的爱去爱他……我偏着头难过地望着面前的镜子，脑子里装满了小温的身影，心里好想还能再见到他，好想告诉他真心话，好想和他重新开始。

片刻的沉默后，我慢慢坐起伏在写字台上的身体，眼泪汪汪地望着院子里的花台，看到凋落在花台上的几片玫瑰花瓣，心痛地又想：我还有机会吗？没有了，我没有机会再见到他了，没有机会对他说真心话了，没有机会和他重新开始了。想到这里，我感觉心里就像被什么东西压着，压得我有些透不过气，我难过地咬紧嘴唇闭上双眼，任眼里的泪水止不住地往下流。

我心里只有他

第二天晚上，我和朋友坐在客厅的沙发上聊天。墙上的挂钟突然又敲响了，朋友偏着头抬起眼看了看时间，已经十点了。

"小玲，我和你聊天会不会影响你休息？"他似乎有些不想走地对我说。

"不会，"我望着心情低落的他，轻声说，"只是这么晚了你还不回去，你老婆会担心你吧?"

"唉，我不想回去，她也不会担心我。"他倚着沙发靠背叹了一口气，语气低沉地说，"我真的不该和她结婚，当初想到自己的脚有点残疾，不敢追求我喜欢的女孩，就随便找了一个人结婚，没想到她和我没有感情，性格也不合，三天两头跟我吵，不是嫌我挣的钱太少，就是嫌我是个瘸子没有用。"

我望着一脸愁闷的他，听到他这么说，心里有些感触地想：感情真的很重要，如果两个人没有感情，即使在一起生活也不会幸福。我慢慢转过头望着黑漆漆的窗外，不自觉地又想起小温，心里又想，他从来都没有嫌弃过我，也从来都没有要求过我什么，他总是耐心地照顾我，可我却拒绝了他……我难过地垂下睫毛闭上双眼，不敢继续想这件让自己心痛的事情。

片刻的沉默后，我睁开眼转过头望着他，轻声说："你回去好好和她谈谈吧。"

"我们俩说不到几句话就会吵，"他语气有些绝望地说，"我和她已经没有什么好谈的了。"

我微微张了张口，想继续说些什么劝慰他，可又不知道该说什么才好，悄悄地在心里想：两个人没有感情，在一起生活这么痛苦，他们连话都说不到一块儿了，还能谈什么呢?!我若有所思地垂下眼睫毛望着地面，不禁又想到我拒绝小温的事情，心里又想，就像我已经拒绝了小温，已经失去了他对我的感情，我现在还能怎么做呢……我难过地闭上眼深吸一口气，意识到自己不仅失去了心爱的人，也失去了永远不会再有的幸福，心里就像被掏空了一样难受。

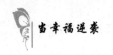

几天后的一个上午，邻村的苏奶奶到家里来找我。我陪她闲聊了一会儿，她言归正题地问我："那个经常挑糯米糕来卖的人，你认识吧？"

"嗯，我认识，"我微笑着点了点头，轻声说，"不过我和他不熟，只是买过几次他的糯米糕。"

"他有话想对你说，又不好意思来找你，就托我来跟你说。"苏奶奶面带微笑对我说。

我有些疑惑地望着她，不解地问："他想对我说什么呢？"

"他看上你了，想和你谈朋友，"苏奶奶笑着说，"如果你同意，他想约个时间来见你。"

听了苏奶奶的话，我感到意外而又惊讶，难以置信地在心里想：这怎么可能，我和那个人并不熟，只是买过几次他的东西，话都没有说过几句，我和他连普通朋友都算不上，他怎么会看上我，怎么会想和我谈朋友？我睁着一双大眼睛望着苏奶奶，有些不相信她说的是真的，可看到她神情认真的样子，又意识到她不是在开玩笑。

"这……"我抿着唇眨了眨眼睛，一下子不知道该怎么说。

苏奶奶接过我的话，又说："这个人挺好的，很勤快，脾气也很好。"

我好意难却地对苏奶奶微笑了一下，慢慢转过头若有所思地望着窗外，不是在考虑要不要和那个人见面，而是在想：还会有人像小温那么好吗？还会有人像他那样不嫌弃我吗？就算还有人会真心对我好，我也不会接受了，我连自己最喜欢的人都拒绝了，还会接受谁呢……我轻轻地深呼吸了一口气，脑子里装满了小温的身影，根本没有心思和别人谈朋友。

我随手拿起写字台上的书翻看，借口说："苏奶奶，谢谢您专门来说这事，我……现在还在学习，不想谈朋友。"

"你谈朋友也可以学习呀，"苏奶奶接过我的话，热心地说，"要不，你再考虑一下。"

"不了，"我看着手里的书，语气坚定地说，"我想先完成学习。"

苏奶奶没有再说什么，她闭着口显得有些失望。我低着头随意乱翻了一页书，假装认真地盯着书上的字看，没有抬起头看旁边的苏奶奶，怕她又会继续劝我和那个人见面，也不知道该怎么给她解释，默默地在心里幻想着，有一天还能见到小温。

第八章

抛开顾虑接受他

突如其来的意外

上午，我和表姐在院子里聊天，她突然问我："这几天小温有没有来？"

我低着头翻着手里的书，轻声回答："没有来。"

"你还不知道吧，"表姐看着我又说，"他在工地从楼上摔下来了。"

听到这突如其来的消息，我心里顿时"咯噔"一下缩紧，手里的书叭的一声掉在地上。我意外而又震惊地抬起头望着表姐，不敢相信她说的是真的，可看到她神情认真的样子，又清醒地意识到她不是在开玩笑，脑子里立刻想起小温说过的一句话："我上班在三十几层高的楼上干活，比这里高多了……"这句话犹如一个响雷在脑子里炸开，使我顿时感到一阵头昏目眩，仿佛心脏瞬间停止了跳动。

"他现在怎么样了？受伤了吗？严重吗？"我惊慌不安地问表姐，不敢想象小温从多高的楼上摔下来，只想快点听到回答，又害怕听到回答，害怕听到一个让我无法接受的消息，心里顿时充满了紧张和恐惧。

表姐捡起地上的书，轻轻放在我腿上说："他伤得不重，只是从二楼摔下来，受了点外伤。"

听到表姐说他没事，我提到嗓子眼的心这才放了下来。我轻轻松了一口气，低下头若有所思地望着腿上的书，默默地在

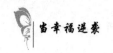

心里想：他怎么那么不小心，我告诉过他在工地上班要注意安全，他忘了我说的话吗？还是……我拒绝了他、伤了他的心，他不想再记着我的话？想到这里，我心里不禁一阵发痛，我难过地望着地上的一片落叶，心里又想：他就算不想记着我说的话，也应该为自己着想，何况我是在乎他的……他不能出事，我不能再也见不到他，我还没有对他说真心话，还没有告诉他，我其实喜欢他……想到小温从楼上摔下来那么危险，我突然很害怕会永远失去他，我忐忑不安地偏过头望向院门口，心里很想立刻跑出去找他，很想在他身边陪着他。

这时，表姐又说："小温的朋友反对他和你交往，他执意要和你在一起，就和朋友发生了争吵，他可能心情不好，才会在上班的时候出事。"

听了表姐的话，我顿时明白了小温出事的原因，也知道了一件我一直都不知道的事——小温为了我，竟和他的朋友发生了争吵！我满眼意外地望着表姐，惊讶地在心里想：怎么会有这样的事情？小温怎么从来都没有告诉过我这些？他怎么还为了我和朋友争吵？这些问题让毫不知情的我很意外，我若有所思地转过眼望着花台。心里又想，他为什么不告诉我这些呢？是怕我知道了会不高兴吗？是的，他一定是怕我知道了会不高兴，所以才对我隐瞒了这些事情。想到这里，我一下子意识到——我在小温心里是如此的重要，他为了我竟不顾朋友的反对和劝阻，甚至还为此和朋友争吵，心里既感动又感到很对不起他。

我抿着唇垂下睫毛望着地面，开始了自我反思：他为我付出了那么多，甚至不顾朋友的反对和劝阻，还和朋友发生了争吵，我呢，我都对他做了什么？我拒绝了他，伤了他的心，害他出了事……想到这些，我感到心里一阵发痛，眼睛一阵发热。

"都怪我，是我害他出了事。"我噙着泪心痛地自责道。

"别这么说，这只是意外，"表姐轻声安慰我，"下次小温来了，你多关心关心他。"

"还会有下次吗？他还会再来吗？"我抬起湿热的眼睛望着表姐，心里想，如果还能见到小温，我会毫不犹豫地接受他，会毫无顾虑地告诉他我喜欢他，会毫无保留地给他全部的爱。

表姐抬起手腕看了看手表，对我说："你别担心，我看见他就跟他说，让他再到你这里来一趟。"

表姐的话一下子提醒了我，我顿时醒悟似的在心里想：对啊，是我拒绝他的，是我让他不要来的，如果我不主动请他来，他怎么会再来见我？想到这里，我急忙对表姐说："你告诉小温，我想见他，我有话想对他说，叫他一定要来！"

"嗯，我会跟他说的。"表姐说完，站起身走了。

我望着表姐离去的身影，默默地在心里祈祷：小温，我等着你，你一定要来，一定要来。

真的好想他

雨，还在淅淅沥沥地下着。

我静静地坐在窗前的写字台边，双手肘撑在写字台上托着下巴，若有所思地望着远处那条小路，脑子里想象着小温的身影，想象着他在小路上朝我这边走过来……

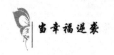

三天了，他怎么还不来呢？是他的伤还没有好吗？还是……他不想来见我了？我猜想着小温没有来的原因，明明料想到他可能不会来了，可心里却还存着一丝希望和期盼。

突然，院门口传来笃笃笃的敲门声。

我放下双手转过头向院门口望去，脑子里顿时冒出一个念头：小温，是他来了吗？我不眨眼地盯着母亲正在打开的门，希望看到从门外走进来的人是小温。

"阿姨，小玲在家吗？"

母亲打开院门的一瞬间，我看到朋友小絮撑着雨伞走进来，心里的希望顿时变成了失望。我收回目光垂下睫毛望着地面，抿着嘴唇轻轻地深呼吸了一下，心里没有了往常有朋友来时的欢喜，只有一种莫名的失落和难过。

"小玲，在做什么呢？"小絮走进屋，微笑着对我说。

"没做什么，"我转过头抬起眼望着小絮，假装若无其事地笑了笑，随口问了一句，"你今天怎么有空来找我呀？"

"我是偷偷从家里跑出来的，"小絮坐在旁边的椅子上小声说，"有人给我做媒，让我在家等着和那个人见面，我就跑出来了。"

"什么？你跑出来躲相亲呀！"我惊讶地睁大眼睛望着她。

"我一点也不喜欢那个人，"小絮皱着眉头说，"见了面只会感到更烦。"

看到小絮提起那个人就心烦的样子，我不禁想起苏奶奶想给我做媒的事，想起自己也不愿意和那个人见面，心里十分理解她的想法和做法，就没有开口劝她什么。我闭着口眨了眨望着小絮的眼睛，转过头望着窗外被雨淋湿的月季花，默默地在心里想：感情是勉强不来的，即使勉强见了面，也不会有结果，既然不会有结果，又何必见面呢！

这时，小絮又说："我有喜欢的人，他也喜欢我，等我做完这边的工作，就去他那里，我想和他在一起。"

我转过头望着旁边的小絮，看到她有些憧憬的样子，轻声对她说："既然你喜欢他，他也喜欢你，就去吧，跟自己喜欢的人在一起才会幸福。"

"嗯，我也是这么想的。"小絮站起身望着窗外，忽然想起什么似的说，"我到街上去给他打个电话，改天再来看你。"

"好的，去吧！"我微笑着目送小絮走出屋门。

望着小絮走后那空无一人的门口，我又想起自己刚才说的那句话——"跟自己喜欢的人在一起才会幸福"，心里不禁感到有些难过，自责地想：为什么我当初不这样对自己说？为什么我当初不明白这些？要是我早点儿明白这些，就不会拒绝小温，就不会失去自己喜欢的人……我心痛地闭上眼低下头，心里很想像小絮那样跑到街上去，亲自给小温打一个电话，亲口告诉他我想他，可我无法跑出去，无法告诉他心里的话。

窗外的天色渐渐暗了，远处的高楼上亮起一盏盏霓虹灯，在凉风细雨中闪烁着醒目的光。

我倚靠着轮椅静静地坐在写字台边，目光呆滞地望着远处那些灯光，脑子里不停地回想着小温的身影，回想着我和他在一起的画面，回想着那天傍晚，我像现在这样坐在写字台边想事情，他走到身边关心地问我在想什么，我随口说在看霓虹灯，没想到他听了我的话后，竟不嫌麻烦地把我抱到屋顶，在屋顶陪我一起看那些美丽的灯光……我若有所思地回想着这些，仿佛又回到和他在一起的那个傍晚，只是此刻心里少了当时的愉悦，多了一种苦涩和心痛的感觉。

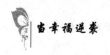

他不会来了，不会来陪我看霓虹灯了，不会来陪我聊天说笑了……是我拒绝了他，是我伤了他的心，我失去了真心喜欢我的人，永远地失去了……我难过地抿着唇眨了眨湿热的眼睛，眼泪汪汪地望着越来越看不清的远处，想到小温这么多天还不肯来，想到那天他头也不回地转身离去，心里存有的一丝希望瞬间熄灭了。

我心痛地垂下睫毛闭紧双眼，任眼里的泪水顺着脸颊滑落下来……

牵手的感动

几天后的一个中午，我坐在阳光照射着的院子里，无精打采地翻看手里的小说。

忽然，旁边未关严的院门轻轻推开了。

我以为是父亲下班回来了，没有抬起头来看，也没有开口说话，低着头若有所思地盯着书上的字看。

"小玲。"

一个熟悉的声音在身边轻声叫我，打断了我的思绪，我轻轻抬起头一看，顿时意外而又惊讶地愣住了——竟然是小温！我目瞪口呆地望着他，感觉就像是在做梦一样，有些不敢相信真的是他来了，可看到他真真实实地站在面前，我一下子激动得竟说不出来话。

"怎么了，不欢迎我来吗？"小温看着我，轻声问。

"哦，不是，"我回过神笑了笑，高兴地说，"我就是在等你来呢!"

我扬着睫毛目不转睛地望着他，看到他穿着那件洗得发白的蓝衬衫，那张熟悉的脸庞变得消瘦了一些，深沉的眼里少了往常见我时的情意，多了一种让我感到陌生的冷淡，心里不禁掠过一丝痛楚。我抿着唇眨了眨望着他的眼睛，看到他右手臂上包着纱布，顿时想起他从楼上摔下来受了伤，关心地问："你的伤好些了吗?"

"没事，好多了。"他看了看手臂上包着的纱布，若无其事地说。

"让我看看，"我抬起手轻抚着他手臂上的纱布，心疼地对他说："你怎么这么久才来，你知道我有多担心你吗?"

小温没有立刻回答我的话，他静静地注视着我沉默了片刻，轻声问我："你还是在乎我的，对吗?"

听到他这么说，我敏感地感觉到他对我还有感情，心里突然感到有些慌乱，一下子不知该怎么回答才好。我抿着唇目光躲闪地眨了眨眼睛，脸红心跳地低下头望着地上的阳光，默默地想：我要承认吗？要告诉他我在乎他吗？我有些不好意思说出口，轻轻扬起睫毛看了看面前的他，他正目不转睛地望着我，仿佛是在给我最后的机会，又仿佛是在鼓励我承认一个事实。我有些犹豫地转过头望着花台，心里又想，我天天盼着他来，不就是想对他说真心话吗？不就是想告诉他我在乎他吗？难道我还要再错过他吗？不，我不能再失去他！想到他头也不回地离去，想到他出事差点再也见不到他，我心里顿时有了对他说实话的勇气。

"小温，"我转过头抬起眼望着他，认真地说，"我不是不在

乎你，也不是真的想拒绝你，我其实不想和你分开……"

"那你为什么要这么做呢？"他接过我的话，不解地问。

"我……"我欲言又止地停顿了一下，垂下睫毛望着地面坦白地说，"我怕以后会成为你的负担，怕自己给不了你幸福的未来……其实，我想和你在一起。"

小温听了我的话，慢慢弯下腰蹲下来，他伸出双手捧着我腿上的两只手，目光深情地看着我说："不要这样想，你不是我的负担，你是我最喜欢的人，和你在一起我就很幸福。"

听到他这么说，我心里顿时涌起一种温暖和感动，眼眶里迅速升起一层热雾，瞬间模糊了我望着他的视线。他一直都没有觉得我是负担，一直都没有改变过对我的真心，我有什么理由不接受他？有什么理由拒绝他？没有，没有什么比和他在一起更重要！我抿着唇泪眼蒙眬地想着这些，心里明明有很多话想对他说，可嘴里却说不出来一个字，只是抑制不住地流下两行热泪，轻轻滴落在他捧着我双手的手背上。

小温抬起手擦了擦我脸上的泪水，语气真诚地对我说："以后不要拒绝我了，我们再也不分开了，好吗？"

"嗯！"我含着热泪望着他，感动而又内疚地点了点头。

小温见我点头接受了他，脸上立刻露出了欣喜的笑容，似乎终于等到了我接受他的这一天。他笑盈盈地站起身弯着腰，伸开双臂把我紧紧地拥在怀里，在无言中显得那么高兴而又幸福。

我偏着头倚靠在他温暖的胸前，望着旁边被阳光照耀着的月季花，心里仿佛也铺满了明媚的阳光，感到幸福而又甜蜜。此刻，我把所有的顾虑都抛到了九霄云外，不想再和他分开，只想这样和他永远在一起……

我想给他一个家

午后的阳光金灿灿的，通过窗户把房间照得很亮堂。

小温靠着沙发若有所思地望着窗外，似乎在看什么，又似乎在想什么。我坐在旁边静静地注视了他一会儿，轻声问："在想什么呢？"

他眨了眨望着窗外的眼睛，若有所思地说："在想小时候的事情。"

"什么事情？"我好奇地又问，忽然很想知道他以前的事情。

"小时候，"小温望着窗外回忆说，"我妈死得早，爸整天在外面干活，经常没有人做饭给我吃。有一天中午，我很饿，就跑出去找我爸，经过一家商店门口时，我看见有一个人在那里买饼干，就走过去站在旁边守着。等那个买饼干的人走后，我看到柜台上剩下一些饼干屑，就用手一点一点地抓进嘴里吃……"小温说到这里顿了顿，他垂下睫毛望着地上的某一处，轻声又说，"我吃完柜台上的饼干屑，没有去找我爸，还站在柜台边不肯走，还想等其他人来买饼干，还想再吃一些饼干屑……"

我目不转睛地注视着小温，认真地听着他讲这些，仿佛看到了他小时候的样子，看到他守在商店的柜台边不肯离去，心里不禁感到一阵酸楚，一股热乎乎的东西悄悄涌上眼眶，渐渐模糊了我发热的双眼。我抿着唇眨了眨闪着泪光的眼睛，缓缓

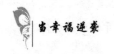

垂下睫毛望着地面，默默地在心里想：很多人小时候都吃得饱、穿得暖，想吃饼干更是很容易的事情，他却这么难得吃到一次，就连吃别人剩下的饼干屑都不容易……我这才知道了小温的童年有多苦，心里充满了同情和心疼。

"那时候我还小，不觉得自己可怜，后来我长大懂事了，有时候遇到一些事情，会感到很难过……"小温从衬衫口袋里摸出一盒香烟，抽出一支点燃后吸了一口，又回忆说，"有一年除夕，我到大伯家去吃饭，看到堂哥身边有嫂嫂陪着说笑，而我还是孤单一人，心里很羡慕，很想有一个心爱的人陪在身边，很想有一个幸福温暖的家……"

听了他说的这些，我感到心疼而又意外，我没有想到，让他感到难过的不是没有人照顾，也不是没有人做饭给他吃，而是没有心爱的人在身边陪他。我这才发现，他从小到大都没有过高的奢望，他的想法和愿望都很简单，他只是想和自己心爱的人在一起，只是想有一个幸福温暖的家。我突然明白了他最在乎的是什么，明白了他最想要的是什么。我轻轻眨了眨望着他的眼睛，微微动了动抿着的嘴唇，很想说些什么安慰他，可又不知该说什么才好，心里只想给他全部的爱，只想给他一个温暖的家，不想让他再感到孤独难过。

我伸出左手轻轻牵着他的右手，心疼地安慰他："你不是孤单一人了，你有我，我会一直陪着你。"

"嗯，"小温伸开双臂把我拥在怀里，欣慰而又满足地对我说，"我们永远在一起！"

"对了，我送你一样东西，"我突然想起脖子上戴的平安符，一边抬起双手伸到脖子后面取下来，一边温柔地对他说，"这是我几年前去寺庙拜菩萨的时候，求来的一个平安福，寺庙里的大师让我带在身上，说这样菩萨就会保佑我平安，我把它送给你，让它保佑你平平安安的。"

我拿着这个心形平安符递到他面前，一束金色的阳光正好照射在上面，使上面的淡彩色花纹显得很好看。小温接过我递给他的平安符，放在手心里目不转睛地看了看，面带微笑对我说："你戴着吧，不用给我，我有你就行了！"

"不，你一定要戴着，"我不容拒绝地望着他，深情地轻声说，"这也代表我的心，你看到它的时候就会想到我，我的心时时刻刻都和你在一起。"

小温望着手里的平安符想了想，情意绵绵地对我说："那你亲自为我戴上吧！"

看到小温深情的眼神，我羞涩地感到脸红心跳，有些不好意思开口说话了。我微笑着点了点头，双手拿着平安符的红丝绳，伸到小温低下来的脖子上，一边轻轻地给他戴上，一边默默地在心里祈祷：菩萨，请你保佑他在工地上班顺利，保佑他平平安安的。

亲自给他买礼物

上午，阳光明媚，天气很好。

母亲推着我走在热闹的大街上，我东张西望地望着沿街摆放的商品，不是在注意看自己喜欢的东西，而是在挑选送给小温的生日礼物。

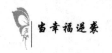

"玲玲，书店到了，你买不买书？"母亲推着我走到书店门口，停下来问我。

我转过头往书店里看了看，点了点头说："进去看看吧！"

母亲推着我走进书店大门，我看见门口有几张椅子，担心母亲走累了，就让她坐下休息，然后自己推着轮椅去看前面的书。我推着轮椅慢慢走到一排书架前，看到一套配有磁带的英语教材，就像发现了宝贝一样高兴，急忙拿起来捧在手里看了又看。我很需要这种配着磁带的教材，这样我就可以跟着磁带学英语了，之前母亲到处去帮我买都没有买到，今天终于看到了。

"这套教材只剩下最后一套了，你要吗？"售货员站在旁边问我。

"我先看看吧。"我对售货员微笑了一下，有些犹豫地回答。

我伸手摸了摸衣服口袋里的150元钱（这是我两年多才积攒的这么多钱），望着教材上面那清晰的售价是120元，心里想：这套教材只有最后一套了，现在不买的话，以后可能买不到了，可要是买了这套教材，剩下的钱就不多了，就买不起好点的礼物了，怎么办？不买礼物吗？不行，我难得有机会上一次街，今天不给小温买生日礼物，不知道要等到什么时候才能给他买，教材可以慢慢再想办法，他的生日一年只有一次，而且这是他认识我后的第一个生日，我一定要亲自为他买一件礼物，让他感受到我对他的爱。这么一想，我决定不买这套教材，把身上的钱用来给他买生日礼物。

我有些不舍地摸了摸手里的教材，毫不犹豫地放回到书架上，然后让母亲推着我离开了书店。

母亲推着我经过一家男装店门口时，店里的一件浅蓝色衬衫吸引了我，我目不转睛地盯着那件衣服，忽然想起小温经常穿的一件衬衫，也是浅蓝色的，只不过已经洗得有些发白了。"有了，我知道该给他买什么礼物了！"我一下子想到了为他买什么礼物，急忙让母亲把我推进了这家店。

"老板，请你把那件衬衫给我看看。"我指着挂在前面的浅蓝色衬衫说。

"好的。"老板取下衬衫递给我。

我把这件衣服拿在手里看了看，觉得款式和颜色都很新颖，棉质的布料，摸着很柔软，衬衫的大小也差不多合小温的身，决定就给他买这件衣服。

"多少钱？"我低着头一边看衬衫，一边问老板。

"80元。"老板一口回答我。

我有些意外地抬起头望着他，没有想到这件衣服这么贵，也从来没有买过这么贵的衣服。我闭着口愣了片刻，轻轻垂下睫毛又望着手里的衬衫，心里想：80就80吧，小温喜欢穿浅蓝色的衣服，这件衣服这么好看，他一定会喜欢。想到小温穿的那件衬衫已经旧了，我决定买下这件送给他。

"我买了，帮我包好吧！"

我抬起手把衣服递给了旁边的老板，然后慢慢地推着轮椅看店里的裤子，想再给小温买一条裤子。我双手推着轮椅在一排裤子前走，偏着头看看这条，又伸手摸摸那条，非常认真地挑选着。我走到一条咖啡色休闲裤前停下，伸手摸了摸这条裤子的布料，觉得颜色和质量都不错，心里想小温穿着一定很好看，脸上不禁露出高兴而又满意的笑容。我拿着裤子上的吊牌看了看价钱，又从衣服兜里摸出150元钱算了算，除开买衬衫的80元，剩下的钱刚好够，于是决定把这条裤子也

买了。

"老板，这条裤子我也买了。"我拿着裤子对老板说。

"好的，我帮你包好吧。"老板取下裤子给我包起来。

付完钱后，母亲推着我走出服装店，轻声对我说："其实这衣服和裤子没有这么贵，你应该先讲讲价再买。"

听到母亲这么说，我这才想起刚刚忘了讲价，我望着胸前抱着的衣服包，心里想：可能真的买贵了，不过小温一定会喜欢。我想象着小温收到这件礼物时的神情，一点也没有为买贵了而感到懊悔，这是我第一次送他的生日礼物，我不想讨价还价。

他突然来接我

"铛——铛——铛——"时钟又敲响了。

我坐在窗前的书桌边转过头，抬起眼看了看墙上的钟表，已经12点了，心里想：今天是小温的生日，这会儿他家里一定有很多客人，妈也应该赶到了，不知他收到我送他的礼物高不高兴？我若有所思地转过头望着窗外，心里又想，他现在一定很开心，一定正在忙着招呼客人……

我想象着小温和客人们在一起的情景，想象着他和朋友们在一起的快乐，心里既为他的生日感到高兴，又为没能参加他的生日感到歉疚——我其实很想去给他过生日，可想到他的朋友会不高兴见到我，会像之前那样为了我和小温争吵，所以才决定不去陪他过生日，我不想让他的生日过得不快乐。

"笃，笃，笃"，院门口突然传来几声敲门声。

我偏过头把目光投向紧关着的院门，一边猜想是谁来了，一边疑惑地问："谁呀？进来吧。"

话音刚落，那扇关着的院门轻轻推开了，一个熟悉的身影从门外走进来，出现在我盯着院门看的视线中——小温，竟然是小温！我十分意外地睁大眼睛，惊讶地在心里想：他怎么来了？这会儿他应该在家里陪客人吃饭，怎么到我这里来了？我愣愣地望着他往屋里走进来，一下子竟有些反应不过来。

"在忙什么？"小温走到身边轻声问我。

"你怎么来了？"我满眼疑惑地望着他，更想先听到他的回答。

"我见阿姨一个人来了，你没有来，就来接你啊。"小温看着我笑了笑。

听了他的话，我一下子明白了——他这会儿到我这里来，是因为他只看到母亲一个人去他家，没有看到我去，所以他丢下那些去给他过生日的客人，不顾那些需要他应酬的朋友，放下家里所有的事情，专门到这里来接我。我没有想到他会这么做，也不会想到他会来接我，心里既感到很意外，又感到很感动，这才意识到我在他心里有多重要。我目不转睛地望着站在面前的小温，心里充满了感激和感动，可嘴上却说不出来一句话，不知道该对他说什么才好。

"走吧，出租车还在公路边等着。"小温蹲下身牵着我的手，准备背我走。

我有些犹豫地缩回他牵着的手，转过头倚靠着轮椅望着窗外，有些不想走地对他说："我……不去了，你快回去吧！"

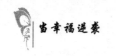

小温听了我的话，转过身满眼意外地看着我，不解地问："怎么了，你不想陪我过生日吗?"

"不是，我……"我看到他脸上失望的神情，急忙张开口想解释，可一下子又不知道该怎么说才好。

我闭着口眨了眨望着他的眼睛，轻轻垂下睫毛望着地上的某一处，悄悄地在心里想：我该怎么对他说呢? 告诉他，我怕他的朋友会不高兴见到我? 那他可能又会和朋友闹得不愉快，不行，我不能这么对他说，不能让他的生日过得不开心。我抬起眼又望着面前的小温，心里多么希望他能理解我的想法。

"你不去，那我也不回去了。"小温失望地轻声叹了一口气，站起身整理着书桌上的书。

看到他不慌不忙地整理着书，我反而感到着急了，我了解他的性格，他说不回去，就真的不会回去，而且他从来不会丢下我一个人走。不行，我不能让他留在这里，我得让他快回去，还有那么多客人在等着他，还有很多事情需要他回去做。我张开口正想劝他回去，心里又想，可是如果我不跟他一起走，他是不会回去的。我欲言又止地闭上口，一时不知道该怎么办才好。

这时，墙上的挂钟突然又敲响了一声，仿佛是在催促小温，又仿佛是在催促我。我偏着头抬起眼看了看时钟，已经12点半了，我怕耽误小温的时间和事情，心里十分焦急地想：算了，他为了我什么都不顾，我也别想那么多了，先跟他去了再说。我转过头望着小温，妥协似的对他说："好了，别整理了，我跟你一块去。"

小温听到我这么说，放下手里拿着的几本书，转过身蹲下来看着我笑了笑，高兴地说："这才乖嘛!"

我有些不好意思地抿着嘴笑了笑，伸出双臂围抱着他的脖子，倾斜着身体伏在他的背上，让他背着我站起身往门外走去。

第九章

真爱永系彼此心

第一次去他家

中午的阳光格外明媚，金灿灿的光辉照射着大地，使公路边的树木显得绿油油的。

出租车缓缓地在公路边的路口停下，小温一边打开车门抱我下车，一边指着旁边的一座瓦屋对我说："到了，这就是我家。"

我望着面前这座开着门的瓦屋，听到屋里传来热闹的说话声，心里有些忐忑地想：他家里一定有很多客人，他这样抱着我进去，不知道那些客人会怎样看我……我垂下目光望着路面，心里忽然有些不想进去。

小温抱着我刚走到门口，一个满头白发的老人微笑着迎过来，热情地说："你们回来了啊，快进屋吧，大家都等着呢！"

我望着面前这个慈祥的老人，心里正猜想他是谁，这时母亲从屋里闻声走过来，微笑着对我说："玲玲，这是小温的父亲，你叫伯父吧。"

听到母亲这么说，我顿时感到有些意外——我没有想到，面前这个老人竟是小温的父亲，也没有想到，他会这么热情地出来迎接我，这让我有些忐忑的心里安稳了许多。我礼貌地对他微笑了一下，一下子有些不好意思那样称呼他，也不知道该说什么。

小温把我抱进屋里的椅子上坐下，然后转身到另外一间屋

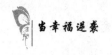

做什么去了。

屋里的客人都目不转睛地看着我，他们的眼神里有亲切和热情，也有好奇和诧异，就像许多道光线同时照射着我，让我心里感到有些不知所措。我不自然地抿着唇微笑了一下，轻轻垂下睫毛望着地面，心里想：他们怎么都看着我呀，是在看我走不动的样子很怪，还是……我不知道他们为什么都看着我，只觉得心里有些紧张和慌乱，一下子不知该如何是好。

"大家过来吃饭吧，"小温从屋里搬出一张椅子放在桌边，面带微笑一边对客人们说，一边走过来弯下腰抱我，"我抱你过去吧！"

我转过头抬起眼望着身边的小温，抬起手臂正想点头让他抱，可看到屋里有这么多人看着我，又有些不好意思让他抱，于是缩回手捋了一下耳边的长发。小温似乎并没有注意到我的顾虑，他也毫不在乎那些人看我们的眼光，像往常那样伸手抱起我走到饭桌边，把我轻轻地放在他特意搬的椅子上。

客人们围坐在饭桌边，有的一边吃菜一边和小温说笑，有的客气地和我说着话。只有坐在我对面的小温的朋友，他板着脸没有开口说话，偶尔轻蔑地斜视我一眼，似乎很不欢迎我。看到他一脸不高兴见到我的样子，我敏感地感觉到，他还是很反对我和小温在一起，心里想：他为什么对我这么不满呢？好像我是死皮赖脸跟着来的一样，我觉得自己就像一个不速之客一样，心里很不想和他一起吃这顿饭，可又不想破坏了小温的生日气氛。我抿着唇深呼吸了一下，假装什么都没有看出来，若无其事地转过头看着小温，陪他一起说笑着吃饭……

下午，我和母亲准备回家的时候，小温的父亲拿着几百块钱塞给我，微笑着亲切地对我说："玲玲，这些钱你拿着，让小温陪你去买点东西，以后经常和小温来玩。"

我意外而又感动地望着小温的父亲，看到他又是给我钱，又是邀请我经常来玩，顿时明白了他的意思——他希望我和小温继续处对象，这是他作为家长接受我的一种方式（按当地的习俗，只有家长接受了儿子的对象，才会这么做）。我没有想到，小温的父亲不但没有反对我们，反而这么热情地接受了我，心里不禁充满了对他的感激，一下子竟不知该说什么才好，也没有伸手接他给我的钱。

"快拿着吧，"小温站在旁边提醒似的对我说，"这钱你可不能不要，不然我爸会以为你看不上我。"

我有些犹豫地转过头看了看小温，本来不想要他父亲给的钱，可听到他这么说，又意识到我不要这钱的话，就说明我不愿意和他处对象，（这也是当地的习俗）心里想：他父亲都同意我们在一起了，我还犹豫什么呢？我转过头感激地望着小温的父亲，缓缓伸出双手接过他给我的钱，然后又转过眼望着身边的小温，和他相视着幸福地笑了……

接受他的求婚

夕阳的余晖染红了天边的云霞，阵阵微风轻轻地吹拂着大地。

小温陪我坐在公路边的石头上等车，有一个中年妇女从对面走过来，一边用好奇的眼光看我，一边对小温说："你不留女

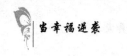

朋友多住几天吗？"

"我也想留她，可她要忙着回去。"小温解释着回答。

我礼貌地对那个妇女微笑了一下，有些纳闷地想：这个人是谁呢，她怎么知道我是小温的女朋友？我转过头望着路边的香樟树，心里敏感地又想，她这样盯着我看，是在看我和小温配不配吗？这么一想，我突然感到有些窘迫。

这时，一辆出租车从公路前面开过来，小温急忙走过去挥手拦下，然后抱着我上了车……

回到家后，我和小温坐在沙发上闲聊，我忽然想起公路边看我的那个妇女，好奇地问他："在公路边和你说话的那个人是谁？"

"哦，是一个邻居。"小温一边回答，一边端着手里的杯子喝水。

"她怎么知道我是你女朋友呢？"我疑惑地又问。

"因为……"小温欲言又止地想了想，把嘴凑到我脸边嬉笑着轻声说，"你和我有'夫妻相'，别人一看就知道了。"

听了他的话，我的脸"刷"的一下红了，心里的疑惑瞬间变成了羞涩。我不好意思地转过头望着面前的茶几，故意转开话题说："我给你买的衬衫和裤子合身吗？你喜不喜欢？"

"合身，只要是你送的我都喜欢。"小温放下手里的杯子，看着我情意绵绵地说，"我其实只想要一样礼物。"

"你想要什么呢？"我望着他疑惑地问。

小温没有立刻回答我，他伸出双手捧着我放在腿上的手，满眼深情地看着我说："我想要你嫁给我，好吗？"

听到这让我感到很意外的回答，我顿时被"吓"得愣住了，一下子有些不敢相信自己的耳朵，不敢相信他竟在向我求婚。

我闭着口睁着一双大眼睛望着他，看到他饱含真诚和期待的眼神，清醒地意识到自己没有听错，也清楚地感觉到他是认真的，心里突然有一种莫名的犹豫，不是在怀疑他什么，也不是不愿意嫁给他，而是他的话让我感到太突然了，我一点儿接受求婚的准备都没有。他真的已经考虑好了吗？真的想娶我吗？我要嫁给他吗？我抿着唇目光躲闪地眨了眨眼睛，不好意思地缩回他捧在手心里的手，脸红心跳地低下头望着地面，突然间感到有些不知所措。

　　我低着头一语不发地望着地面，眼角的余光注意到小温在注视着我，他似乎是在等我开口回答，又似乎是在想什么。我缓缓抬起眼扬起睫毛又看了看他，脑子里忽然想起上次他等我答复时，也像现在这样满眼期待地望着我，可我却给了他一个失望的答复，让他伤心绝望地转身离去，心里不禁微微地颤了一下，突然很害怕会再失去他。这一刻，我突然意识到——有时候，不是幸福远离了自己，而是自己"拒绝"了幸福。我望着他轻轻张开口正想表态接受，突然又想起他朋友的反对，想起别人看我们配不配的眼光，又犹豫地闭上口咽下想说的话，低下头望着地上的某一处沉默不语。

　　"你不愿意嫁给我吗？"小温见我不说话，猜想似的轻声问。

　　我抬起眼望着他，看到他一脸真诚而又期待的神情，顿时想起他为了我不顾朋友的反对，无怨无悔为我所做的一切，还有他父亲对我们俩的赞同；是啊，他为了我什么都不顾，他的父亲也都同意我们在一起，我还顾虑什么呢！这么一想，我心里的顾虑随之被勇气代替了，我含情脉脉地望着面前的他，有些羞涩地轻声问："你会永远爱我吗？"

　　"我会，"小温微笑着把我拥在胸前，神情认真地说，"我会

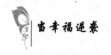

永远爱你！"

　　我倚靠在他怀里幸福地笑了，心里充满了甜蜜的感觉。小温面带微笑缓缓低下头凝视着我，他那双澄澈的眼睛里饱含着深情，暖暖的鼻息喷到我的脸颊上，使我顿时感到脸在发烧，心脏在"扑通扑通"地跳。我羞涩地低下头不敢看着他，他却在我脸庞边把头低得更下来，轻轻地把一个热吻落在我的唇上……

他真的会娶我吗

　　吃过晚饭后，小温忙着回家准备明早出远门的东西，只陪我说了一会儿话就走了。

　　客厅里只剩下我一个人，独自坐在橘黄色的吊灯下沉默不语，只有面前的电视里的那些人在说话。

　　我静静地倚靠着轮椅坐着，眼睛盯着正在播放新闻的电视屏幕，却没有注意看演的什么，也没有注意听那些人说的什么。我全神贯注地沉浸在回想里，脑子里装满了小温的身影和说话声，就像是在倒放录像带一样，不停地回想着今天他特意来接我，回想着他抱我上车、送我回家，回想着他注视我时深情的目光，还有他在我脸庞边俯下头深情的吻……我一动不动地用手托着下巴，扬着睫毛若有所思地望着电视屏幕，静静地回想着和小温在一起的情景，心里荡漾着一种喜滋滋的感觉，这种感觉在我心里充盈得满满的，让我感到幸福而又甜蜜，嘴角不自觉地露出一丝甜美的笑容。

"嫁给我，好吗？我会永远爱你……"

小温的话反复在我脑子里回响着，让我既感到清晰而又真实，又感觉像是在梦里一样。我下意识地放慢了回想的思绪，一遍遍地回想着他向我求婚的话，回想着他说话时认真的语气和表情，还有他眼神里流露出的真诚，心里既感到甜蜜，又有些不敢相信：他真的会娶我吗？真的会永远爱我吗？很多人都说"相爱容易相处难"，他会不会是一时冲动才说的这些话？会不会以后和我相处的时间长了，就会后悔娶我，就会改变对我的态度，就会对我变心……我胡思乱想地想着这些，原本喜悦的心里随之变得有些忧虑，这种忧虑搅得我忽然有些心烦意乱，使我心里产生一种莫名的不安。

我轻轻放下托着下巴的双手，收回望着电视屏幕的目光，低下头垂下睫毛闭上双眼，想停止这些在我脑子里乱蹦的问题。

我一动不动地低着头闭了片刻眼睛，微微张开口深呼吸了一下，又缓缓睁开双眼望着面前的茶几，抿着唇自我安慰地又想：不，这不是他一时冲动说的话，他也不会和我相处久了就变心，他一直都很喜欢我，一直都对我很好，他是真的想娶我，不然他不会一直都对我这么好，也不会认真地向我求婚，更不会……吻我。想到小温从认识我到现在，始终都对我这么好，始终都无怨无悔地为我做这做那，我似乎找到了足够信任他的"理由"，更愿意相信他对我是真心的，心里的忧虑和不安随之消散了很多。

我静静地望着茶几面上的玻璃板，电视屏幕的光线照射在上面，倒映出不停变化着的彩色光影。我若有所思地望着玻璃板上的光影，默默地继续在心里想：还有小温的父亲，他一定问过小温的想法，小温一定跟他说过对我的真心，他一定知道

小温是真的喜欢我，所以他才会同意我和小温处对象，才会热情地邀请我经常去玩，才会给我那几百块代表接受的钱。想到这些，我就像是找到了充足的"证据"一样，这些"证据"完全抵御了我的胡思乱想，使我完全相信小温是真心爱我，脸上随之又展露出喜悦的笑容。

我轻轻眨了眨望着玻璃板的眼睛，转过头看了看夜色笼罩着的窗外，垂下双臂推着轮椅慢慢走到窗前，抬起眼望着点缀着许多星星的夜空，看见一弯半月就像一个害羞的少女，缓缓地从云层中撩开面纱，露出含笑的娇容，静静地倾泻下淡淡的月光……

小温真的向我求婚了，他真的想要娶我，我也将像别的女孩那样，成为美丽的新娘……我想象着自己即将嫁给小温，即将和深爱我的人结婚，心里充满了幸福和甜蜜。我含笑眨了眨望着月亮的眼睛，倚靠着轮椅后背望向窗外的前方，看见远处高楼上亮着的那些霓虹灯，在夜色里静静地闪烁着绚丽的光彩，那么美丽，犹如我此刻的心情……

放飞思念与祝福

昨夜的一场雨把天空洗得很蓝，太阳高挂在空中欣然露出笑脸，洒下满院子金灿灿的阳光，暖暖地照耀着院子里盛开的月季花。几只蝴蝶一会儿绕着花朵翩翩飞舞，一会儿又竖起双翅落在花朵上，那么自在而又欢快……

我倚靠着轮椅坐在窗前的写字台边，静静地望着窗外的景物，仿佛是在欣赏一幅美丽的自然画，觉得眼前的一切都那么美，心里就像铺满了明媚的阳光一样，充满了轻松和愉悦。

　　小温去远方上班几天了，不知道他这会儿在做什么，是在工地忙着干活呢？还是在外面东奔西走地忙其他事情？……我若有所思地望着花台里的月季花，不禁想起小温在花台边陪我的情景，心里又涌起对他的思念和牵挂，还有想他快点回来的期盼。

　　"铛——铛——铛——"

　　墙上的挂钟突然敲响了，清亮的钟声震响了寂静的房间，打断了我沉浸在思念中的思绪。我收回望着窗外的目光，转过头抬起眼看了看墙上的钟表，已经十点了。我有些无聊地望着钟摆看了片刻，随意移动目光环视着房间里的四周，无意间看到床头柜上放着的收音机，忽然想起这个时候有点歌节目，于是垂下双臂推着轮椅慢慢走过去，把收音机拿到写字台边打开来听。

　　"一年有三百六十五个日出，我送你三百六十五个祝福……"悦耳的音乐从收音机里传出来，房间里顿时飘荡起动听的歌声。

　　我倚着轮椅靠背用双手托着下巴，静静地听着一首首承载着祝福的歌，忽然觉得每一首歌都很好听。我想，这些歌之所以好听，不仅仅是因为它的旋律动人，也因为它传递着真挚的情感和祝福。这些吸引着我的歌声，就像一把开启记忆大门的钥匙，牵引着我的思绪，让我回想起前几年自己也写信点歌，那时候家里没有电话，我想念远方的亲人和朋友的时候，就写信到电台参与点歌节目，用这样的方式来放飞自己的心情，通

过电波表达自己对亲人、朋友的思念，传达自己对他们的问候与祝福。

我若有所思地望着面前的收音机，忽然想起小温也喜欢听收音机，想起他告诉过我，他也很喜欢听"吉祥鸟"这个节目，还在节目中听到过我给朋友点的歌，心里顿时产生了一个念头：对了，我可以再写一封信到电台去，给小温点播一首歌，通过电波告诉他我想对他说的话，让他感受到我对他的思念和祝福，让他知道我真的很想他，说不定他在远方能听到，他要是听到我对他说的话，还有我为他点的歌，一定会感到很高兴！想到这里，我突然有了放飞思念与祝福的办法，决定把心里想对小温说的话写出来，通过电波让他在远方感受到我的爱，让全世界的人都知道我爱他。

我想象着小温听到这封信时的惊喜，想象着他为此感到幸福的神情，脸上不禁也露出了甜美的笑容。我含笑眨了眨望着收音机的眼睛，迅速坐端倚靠着轮椅的身体，伸手打开面前的写字台抽屉，从里面拿出一本洁白的信纸和钢笔，专心致志地写起信来……

明媚的阳光透过纱窗照射进房间，洒在我的头上、身上和手上，让我感到全身都暖暖的。我一边听着收音机里播放的音乐，一边轻轻放下写完最后一个字的笔，慢慢拿起写满思念与祝福的两页纸，认真地把内容从头到尾看了一遍，然后把手里的信纸整齐地折叠起来，装进一个精美的白色信封里。

歌声传情

几天后的一个上午，金灿灿的阳光通过窗户，把整个房间都照得很明亮。

我坐在窗前的写字台边看书，忽然听到墙上的挂钟敲响了，抬起头看了看时间，刚好十点整。我忽然想起，广播电台的点歌节目开始了，于是打开面前的写字台抽屉，从里面拿出袖珍收音机来听。

"听众朋友们，大家好！'吉祥鸟'节目又准时和您相见了，让我们一起聆听音乐，放飞祝福……"随着主持人亲切的节目导语声，收音机里传出了优美动听的音乐，寂静的房间里飘荡起悦耳的旋律。

我偏着头静静地伏在写字台上，认真地听着收音机里传出来的歌声，还有主持人播出的一些听众的祝福。这是我很喜欢的一档节目，我几乎每天都会收听，我喜欢听那一首首承载着祝福的歌，喜欢分享那些听众朋友的心情故事。

"接下来这首《知心爱人》，是一位叫卢玲的听众写信来点播的，她要把这首歌送给远方的男朋友，想对他说……"

听到主持人读我前几天写的那封信，我平静的心里顿时变得有些激动，我没有想到今天会播出我写的信，还有我点的歌，心里既感到很意外，又感到很高兴。这是我想对小温说的话，主持人播出了我想对他说的话。我迅速坐端伏在写字台上的身

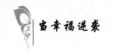

体，目不转睛地盯着面前的收音机，一边认真地听主持人读我的信，一边默默地在心里想：小温，你这会儿在做什么呢？电台正在播我想对你说的话，还有我为你点的歌，你在远方听到了吗……我眨了眨望着收音机的眼睛，抬起眼望向窗外的远方，脑子里不禁浮现出小温的身影，心里又充满了对他的思念。

"之前我故作坚强拒绝你，并不是我真的愿意这么做，我只是不想成为你的负担，我想让你生活得更幸福。可我错了，你一直以来对我不变的感情，还有你无怨无悔为我所做的一切，让我发现你是那么的爱我，而我也是那么的想和你在一起……"

我若有所思地望着面前的收音机，静静地听着主持人读我写的这些话，不禁又想起我拒绝小温时的情景，我当时真的做错了，我不该想着自己的残疾而拒绝他，他从来都没有嫌弃过我走不动，是我放不下自己残疾的问题，害得他伤心，也害得我难过……此刻，我感觉比任何时候都清醒，觉得自己当时真的不该那样想，也不该那样做，因为两个人相爱在于有"心"，而不在于有没有健康的身体。

我微微张开抿着的唇深呼吸了一下，轻轻扬起睫毛抬起眼又望向窗外，看见花台里的栀子花静静地盛开着，在阳光下显得洁白而又美丽。阵阵清风透过纱窗吹进房间，淡淡的栀子花香扑鼻而来，使我不由自主地深吸了一口气。

"把你的情记在心里直到永远，漫漫长路拥有着不变的心……不管是现在，还是在遥远的未来，我们彼此都保护好今天的爱，不管风雨再不再来……"

收音机里播放着我为小温点的歌，优美的歌声在房间里回荡着，那么深情而又真挚。我特意为小温点播了这首歌，因为这首歌唱出了我想说的话，我想通过这首歌表达我对他的爱。

我若有所思地望着窗外的栀子花，静静地听着这首唱出了我心声的歌，默默地在心里对远方的小温说："亲爱的，你听到这首歌了吗？听到我想对你说的话了吗？以后不管发生什么事情，我都会好好珍惜你对我的爱，我也会好好爱你，直到永远，永远……"

把爱织进毛衣里

第二天上午，我坐在写字台边望着窗外的院子，默默地在心里想：小温走了这么多天了，不知他在工地过得好不好，也不知他有没有听到我给他点的歌，还有我想对他说的话……我若有所思地望着院子里的月季花，脑子里不禁又想起小温的身影，又想起他给我说过的一些事情。

这时，母亲上街回来了，她拿出新买的米色毛线对我说："玲玲，你看这种颜色的毛线好不好看？"

我接过毛线捧在手里看了看，满意地说："这种颜色很好看。"

这是我让母亲上街去买的毛线，想用来亲手给小温织一件新毛衣，我注意到他平时穿的几件毛衣都很旧了，而且有两件还破了几个洞。本来我想亲自上街去买毛线，可我出不了门，只好让母亲去帮我买。

我捧着毛线想了想，一时想不出织哪种花适合小温穿，就问母亲："妈，你觉得他穿哪种花型好看呢？"

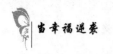

母亲想了想，说："我给你爸织了几种花，我去拿来你看吧。"

母亲说着转身去给我拿来几件毛衣，这几件毛衣的花样都不一样，有方块花、凤尾花、树丫花……我双手拿着这件毛衣看看，又捧着那件毛衣瞅瞅，最后决定给小温织树丫花，我觉得这种花型更好看一些。

我选定好毛衣花样后，从写字台抽屉里拿出几根棒针，全神贯注地起针开始织毛衣底边。我左手拿着一根棒针抬到胸前，右手拿着毛线头绕在这根棒针上，双手固定住毛线打了一个活结，又用右手拿着一根棒针也抬到胸前，将这根棒针插入另一根棒针活结中，轻轻拉出毛线套在左手拿的棒针上，把这个活结当成上针织。我认真地织好这一针，仍然抬着两只手保持着这种姿势，用右手拿着棒针，又穿入左手拿着的棒针活结中，拉出毛线又套在另一根棒针上，把这针当成下针织。我目不转睛地盯着毛线和棒针，专心致志地织好下针，又像刚才那样继续织上针……

这种看似不难织的上针和下针，要织好其实也不是很容易，因为每织一针，都必须仔细看清楚，而且右手缠绕毛线的力度要一致，使每一针的松紧度都要一样，这样织出来的毛衣才均匀好看。

"81，82，83，84……"我专注地盯着手里的毛线和棒针，一边认真地一针又一针地织着，一边默数着需要起的针数，多一针或是少一针都不行，那样织出来的花样就不完整。

房间里很寂静，明媚的阳光通过窗棂分成几束光线，静静地照射在我身上，仿佛是在监视我织毛衣的动作，又仿佛是在陪着我织毛衣……

我背靠着轮椅微低着头，不停地活动着两只抬在胸前的手，拿着棒针和毛线一针又一针地织着……不知织了多长时间，我感到两只手腕都变得有些软了（我的手本来就没有多少力气，这样长时间抬着手腕织毛衣，坚持不了多久），缠绕毛线的手指也没有那么灵活了，不仅动作变得越来越慢，双手抬高的程度也从胸前降到腹前，软得有些抬不起来了。我眨了眨盯着棒针和毛线的眼睛，把软得有些不受控制的手放在腿上，抬起头望着窗外深呼吸了一下。

　　听他说，自从他妈去世后，就再也没有人给他织过毛衣，等他回来看到我为他织的这件毛衣，一定会很高兴！我想象着他穿上这件毛衣的样子，想象着他脸上洋溢着的幸福的神情，嘴边不禁牵动出一丝高兴的笑容。我微笑着收回望着窗外的目光，低下头看了看恢复了一点力气的手，慢慢地又把两只手抬到胸前，一边拿着棒针和毛线继续织，一边想着和小温在一起的一些事情……

　　我想着想着，突然注意到后面织的这些毛衣底边，竟忘了记针数。"遭了！"我急忙停下织毛衣的双手，拿着棒针从头到尾一针一针地数起来："一、二、三、四……"我把织好的底边数到最后，发现针数比预算好的少了几十针，顿时意识到这个问题严重了，心里想：怎么办，把这些全拆了吗？可是好不容易才织好这么多。我望着织好的毛衣底边，脑子里刚产生想拆掉的念头，又有些舍不得拆，因为我的两只手腕都织软了。

　　我看了看发软的两只手腕，又看了看已经织好的毛衣底边，心里很不想拆掉，可想到花样显示不完整，又想：这样继续织的话，织出来的整件毛衣花样都不完整，不行，这是我第一次为小温织毛衣，我一定要织好，让他穿着既暖和，又好看。这

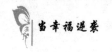

么一想，我心里的犹豫瞬间变成了一种动力，脑子里丝毫没有了舍不得的想法，也顾不上手腕又软又累，只想把这件毛衣织好，于是毫不犹豫地从毛线上抽出棒针，决定全部拆了重新织。

我双手拿着毛线慢慢地拆着，虽然拆毛线没有织毛衣那么累，也不用像织毛衣那样把手抬到胸前，可我还是感到两只手腕越来越软，动作也越来越慢，慢得只能一点一点地拉扯着毛线……

我拿着毛线慢慢地拆完最后一针，无力地把双手垂放在腿上，望着面前这堆散乱的毛线，累得有些不想织了，可又想到小温身上破旧的毛衣，想到他穿上新毛衣时幸福的表情，心里顿时又有了想继续织的力量。我缓缓抬起又累又软的两只手，又拿起身边放着的毛线和棒针，一针一针地织着……

第十章

情深爱浓心不变

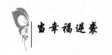

他对我的信任

上午，我坐在阳光照射着的写字台边梳头，忽然听到有脚步声从门外传来，以为是母亲上街回来了，头也不回地脱口说道："妈，你这么快就回来了啊！"

"阿姨没在家吗？"一个熟悉的声音在身后问我。

我放下梳子转过身一看，顿时傻了似的愣住了——竟然是小温！他穿着我给他买的那件浅蓝色衬衫，还有那条咖啡色西裤，手里提着一包香蕉和苹果，面带微笑站在面前看着我，那么真实，那么……突如其来。我简直有些不敢相信自己的眼睛，不敢相信面前的人真的是他，感觉就像是在做梦一样。

"阿姨去哪儿了？"小温把手里提的水果放在写字台上，关心地又问。

"哦，她上街去了。"我回过神高兴地对他说，"你什么时候回来的？"

"昨天晚上。"他站在身边弯下腰搂着我的腰，情意绵绵地轻声问，"想我没有？"

听到他这么问，我突然感到脸红心跳，有些不好意思回答他的话，不好意思说自己想他。我羞涩地低下头望着地上的某一处，轻轻抬起手捋了一下耳边的长发，想故意说假话否认我没有想他，可真实的想法却在意识里涌动，我越是想故意隐藏这种想法，这种想法反而越是清晰强烈地呈现，让我隐藏不住

140

真的很想他的心情。我轻轻地抬起眼又望着他，抿着唇坦白似的对他点了点头。

"我也想你！"小温在我脸庞缓缓俯下头，轻轻地把一个热吻落在我的唇上……

这时，院门口忽然传来一声问话："家里有人吗？"

我有些慌乱地从小温怀里转过头，一边朝窗外那扇没关严的院门望去，一边回答："有人，谁呀？"

小温推着我走到院子里去看是谁，一个邮递员背着包正从门外走进来，递给我一封挂号信。

我接过信看了看上面的寄信地址，是一个通过电波结识的朋友写的，于是不慌不忙地撕开信封，从里面取出两张信纸展开来看……我看着看着，不禁被信的内容"吓"了一跳——我没有想到，也不会想到，这竟然是一封情书！我有些慌乱地抬起眼看了看小温，急忙把还没看完的信纸塞进信封里，怕他看到了误会什么。

"谁给你写的信？"小温站在身边问我。

"是……"我目光躲闪地移开视线，支支吾吾地说，"一个朋友。"

"写了些什么呢？"小温有些好奇似的又问。

"写的……"

我一下子不知道该怎么回答他，不知所措地转过头望着旁边的花盆，悄悄地在心里想：我该怎么对他说呢？实话告诉他吗？他会不会以为我对他变了心？不行，我不能让他误会；说假话骗他吗？不，不能骗他，他最讨厌别人骗他。我低下头看了看手里拿着的这封信，在想说和不想说之间犹豫了片刻，想到他从来都没有骗过我什么，我也不想骗他什么，于是转过头

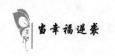

抬起眼望着他，把手里的信递给他说："你自己看吧。"

小温接过信坐在旁边的花台上，好奇而又认真地打开来看……

我抿着唇一语不发地望着他，不知道他看完信会怎么想，也不知道他看完信会怎么对我，只是默默地在心里对他说：相信我，我对你没有变心，我爱的人是你。我也不知道，那个人怎么会给我写这样的信，我之所以不想说假话骗你，就是因为我爱你……我微微张开抿着的唇深呼吸了一下，缓缓垂下睫毛望着地面，忐忑不安地想着怎样给他解释才好。

小温看完信，站起身弯下腰把我搂在怀里，自信而又得意地笑着对我说："你是我的，谁也别想抢去。"

我出乎意料地抬起眼望着他，看到他丝毫没有误会，也没有生气的样子，听到他充满信任的话，心里的忐忑瞬间变成了甜蜜。我有些羞涩地望着他，正不知该说什么，忽然想起上次给他点的歌，就转开话题轻声问："对了，我前几天给你点的歌你听到了吗？"

"没有，"小温有些意外地看着我说，"你在哪里给我点的歌？"

"在人民广播电台那个'吉祥鸟'节目，我以为你能听到。"我见他一副全然不知的样子，心里为他没有听到而感到有些失望。

"我不知道你给我点了歌，在工地也没有收音机听。"小温搂着我解释说。

听了他的话，我心里的失望变成了理解，想到他确实不知道我给他点了歌，而且他在工地也不方便听收音机，就没有再说什么。我理解地对他微笑了一下，转过眼望着旁边的桂花树，默默地在心里想：算了，既然他没有听到我给他点的歌，就当是我给听到的人讲的故事吧，让大家都知道我真的很爱他……

"在想什么呢？"小温见我不说话，不放心地问，"生气了吗？"

我转过头抬起眼望着他，微笑着回答："我不会生你的气，没有听到就算了。"

小温见我真的没有生气，脸上不安的神情这才变成了笑容，他微笑着把我拥在怀里，在无言中让我感受到他真的很爱我。我微笑着依靠在他温暖的胸前，心里充满了幸福和甜蜜……

在伤痛中感受爱

吃过午饭，我推着轮椅走到卧室里的书柜边，用力前倾着身体想抬高手去拿书，一不小心，"咚"的一声摔倒在地上。

小温在厨房听到响声，放下手里正在洗的碗，走到卧室门口一看，见我摔倒在地上，急忙走过来用湿漉漉的双手抱起我，惊慌地说："你怎么摔下来了，有没有摔疼？"

我皱着眉头紧咬住嘴唇，用手轻轻按着右脚踝关节，感觉这里的骨头就像摔断了一样，痛得我一句话也说不出来，眼眶里快速打转的眼泪直往外冒。

"走，我背你去医院。"小温见我痛得直流眼泪，急忙背着我往医院走。

炙热的阳光直直地照射着大地，晒得路边的柳枝无精打采

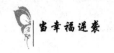

地低垂着。小温背着我在路上一边大步地走着,一边急促地喘着粗气,累得满头大汗,却没有减缓疾步快行的速度。我偏着头伏在他湿热的背上,听到他急促地喘气声,知道他很累,心里很想让他停下来歇一会儿,可右脚踝关节钻心地痛,我又很想让他就这样走快些……

小温急急忙忙地背着我来到医院,经过一楼的挂号处时,他竟忘了挂号,直接就把我背到了二楼骨科诊疗室。他喘着粗气急切地对医生说:"医生,她的脚摔伤了,麻烦你快给她看看。"

"先把她放在椅子上,"医生看了看我,不慌不忙地对小温说,"把挂号单给我。"

"挂号单……"小温这才想起忘了先挂号,他把我放在旁边的椅子上坐着,恳求似的对医生说,"我这就去挂号,你先给她看看吧!"

"好吧,你快去。"医生说着走过来,站在我面前弯着腰,用手在右脚踝关节处轻轻按了一下,我顿时痛得皱着眉头发出"哟!"的一声。

小温转身正要朝诊疗室门外走,听到我忍不住发出很痛的声音,站在旁边不放心地看了看我,又偏着头往诊疗室门外看了看,似乎想下楼去挂号,可又不放心把我一个人留在这里。他犹豫不决地看了看面前的医生,似乎怕医生催他去挂号,于是转过身快步往诊疗室门外走去。我望着他疾步走出去的背影,心里顿时感到莫名的害怕和紧张,急忙张开口想叫他陪着我,可又想到他要去挂号,只好闭上口咽下了嘴里的话。

过了一会儿,小温拿着挂号单急匆匆地走进来,一边把手里的挂号单递给医生,一边担心地问:"医生,她的脚摔得严

144

重吗?"

"不知道有没有摔伤骨头,你带她到那边三楼照个 X 光。"医生指了一下窗外对面那栋医技楼,让他带我去放射科做 X 光检查。

小温听了医生的话,急忙转过身弯下腰来抱我。我抬起眼望着他低下来的脸庞,看到他的额头上渗满了大颗的汗珠,额头边的头发也被汗水浸湿了,顿时想起他从家里把我背到医院,一路上都没有停下来歇过一口气,刚才又急急忙忙地跑到楼下去挂号,一下子意识到他一定很累了,心里瞬间充满了感激和感动。我抬起手擦了一下他额头上的汗,正想张开口叫他坐下休息一会儿,话还没说出口,他就抱起我转身走出诊疗室,快步往对面那栋医技楼走去……

照完 X 光,小温又抱着我走出放射室,把我轻轻地放在走廊里的长椅上,陪我一起等检查结果。他蹲下用双手捧着我的右脚,一脸担忧地看着我红肿的踝关节,心疼地问:"是不是很痛?"

我望着蹲在面前的小温,看到他额头上的汗还没有干,想起他累到现在还没坐下歇一口气,心里顿时变得沉甸甸的,一股热乎乎的东西瞬间涌上眼眶,使我湿热的双眼变得有些模糊。我轻轻眨了眨闪着泪光的眼睛,用微笑掩饰着脚疼的感觉,假装不痛地轻声回答:"不是很痛了。"

小温见我微笑着这么说,以为我真的不是很痛了,担忧的脸上这才掠过一丝轻松。他轻轻舒了一口气,慢慢放下我的脚,抬起手擦了擦额头上的汗,这才缓缓站起身,在旁边的长椅上坐下来。

走廊里很冷清,几束金色的阳光从窗外照射进来,静静地

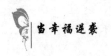

洒落在干净的地面上。我顺着一束阳光向走廊的窗外望去，不是在看外面的什么东西，而是想避开小温的目光，不想让他看出我其实很痛，也不想让他为我担心……

爱暖彼此心

在床上休养了两天，我的脚好了很多。

吃过晚饭，我坐在窗前望着天色渐黑的院子，默默地在心里想："前天小温把我从医院背回家后，就忙着到工地加班去了，他这两天都没来看我，是工作太忙了吗？还是……我摔伤了他就不管了？"我胡乱猜想着他没有来的原因，心里有一种莫名的失落。

忽然，有一个人提着包从院门口走进来，我定睛一看——竟然是小温，心里的失落瞬间变成了欣喜。

"你怎么这么晚才来，"我转过身望着走到面前的小温，关心地问，"吃晚饭了吗？"

"还没有，"他一边把包放在旁边的书桌上，一边对我说，"我今晚不加班，下班就赶着来看你。"

听了他的话，我顿时知道了——原来，他这两天没来看我，是在加班，不是我摔伤了就不管。我一下子意识到自己不该那样乱想，不该误以为是他不愿意来看我，心里顿时为此感到有些过意不去，又为他没吃晚饭就赶来看我而感动。我望着他轻轻抿了抿嘴唇，一时不知道该说什么才好。

小温转过身看着我，关心地问："脚好些了吗？"

　　"好多了，不痛了。"我低下头看了看脚，又抬起眼望着他微笑了一下。

　　"我看看。"他不放心地蹲下身，轻轻脱掉我右脚穿着的拖鞋，看我的踝关节好了没有。

　　我闭着口望着蹲在面前的他，看到他用双手捧着我的脚看，眼神里流露出深深的关爱，不禁想起从小到大，几乎没有一个外人会重视我的脚，会这样蹲在面前用双手捧着看，即便有外人盯着我的脚看，他们的眼神里也只有好奇或藐视……我抿着唇目不转睛地望着小温，忽然感到心里沉甸甸的，明明感觉有很多感受在心里涌动，嘴上却说不出来一句话。

　　"是好多了，"小温看到我的踝关节不肿了，轻轻给我穿上拖鞋，提醒似的对我说，"以后小心点儿啊！"

　　我微笑着眨了眨望着他的眼睛，转开话题说："你饿了吧？我去叫妈给你热饭菜。"

　　"不用麻烦阿姨了，一会儿我自己去热吧，我先去洗洗手。"小温站起身看了看有些脏的手，转身往院子里的水池边走去。

　　我望着他走出去的背影，看到他穿着的工作服沾着一些污渍，突然想起我为他织的那件毛衣，想拿出来让他试试合不合身，也想给他一个惊喜。我垂下双臂推着轮椅走到衣柜边，伸手打开衣柜门，从里面拿出那件崭新的毛衣。

　　小温洗完手进来，我拿着毛衣微笑着对他说："快来，试试我给你织的毛衣，看看合不合身。"

　　"给我织的呀？"小温走过来看着我手里的毛衣，意外而又高兴地说，"你什么时候织的？我怎么不知道呢？"

　　"你去远方上班的时候织的，你不在我身边，当然不知道

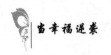

了。"我说着，把手里的毛衣递给他，让他穿上试试。

小温接过毛衣并没有立即动手穿，他捧在手里目不转睛地端详着，似乎是在看织得好不好，又似乎是在想什么。他若有所思地盯着毛衣看了片刻，然后脱下身上穿着的工作服，双手拿起毛衣慢慢地穿起来……他不慌不忙地穿好毛衣，走到旁边拿起书桌上的镜子，面带微笑照着身上穿的毛衣看了看，一脸高兴而又满意的样了。

我靠着轮椅目不转睛地望着他，看到他把毛衣穿上身很合适，而且毛衣的颜色也很适合他，心里也感到很高兴，一时全忘了织毛衣时的辛苦。我推着轮椅慢慢走到他身边，望着他轻声问："喜欢吗？"

"喜欢，穿着很舒服！"小温转过身弯下腰牵着我的手，有些感触地说："我妈去世得早，很多年都没有人给我织新毛衣了。"

听到他这么说，我心里顿时感到有些沉甸甸的，仿佛体会到了那种无人关爱的心情，一下子明白了他接过毛衣时的沉默，明白了他穿着这件毛衣的感受。我微微张了张闭着的口，想说些什么安慰他，可又不知道该说什么才好，只是目光深情地望着他，和他相视着幸福地笑了。

选定婚期

夜色染黑了窗外的院子，书桌上的台灯柔和地照亮了卧室。

小温吃了母亲给他热的饭菜，陪我聊了一会儿天，就到卫生间洗澡去了。

我坐在书桌边写完笔记，推着轮椅想到客厅去看电视，见他放在椅子上的工作服掉地上了，就慢慢弯下身伸手捡起来。我无意间看到衣服胸前破了一个口子，想到他明天上班还要穿，就推着轮椅又走到书桌边，从抽屉里拿出针线来补。

过了一会儿，小温洗完澡走到卧室门口，见我还坐在书桌边微低着头，以为我还在写笔记，轻声问我："还没写完吗？"

"写完了，"我低着头一边补衣服，一边回答他，"我在给你补衣服。"

他走过来背靠着书桌站在旁边，没有接过我的话说什么，只是盯着我手里补的衣服看了看，又默不作声地望着我看了看，似乎是在看我补衣服的动作，又似乎是在想什么心事。他若有所思地注视了我一会儿，商量似的对我说："我们哪天去办结婚证吧？"

他的话让我感到很意外，我有些发愣地停下补衣服的手，抬起头睁着一双大眼睛望着他，心里突然有一种莫名的犹豫——不是不愿意和他去办结婚证，而是还没有想过这件事情。我望着他，眨了眨眼睛，一时不知道该说什么，低下头看了看手里补的衣服，悄悄地在心里想：他都主动提到这事了，我还犹豫什么呢？办了结婚证，我们就可以在一起了……想到和他在一起很幸福，我心里的犹豫立刻变成了愿意。

我抬起头扬起眼睫毛望着他，微笑着对他点了点头，轻声说："好啊，你想哪天去办呢？"

小温见我点头答应了，高兴地弯下腰捧着我的手说："你决定吧，你说哪天去就哪天去。"

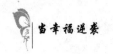

　　我望着一脸欢喜的他，想到从认识他到现在，他从来都没有勉强过我什么，也没有和我争过什么，不论做什么事情，他都总是依着我，心里不禁涌起一种温暖和感动。我对他微笑了一下，心里很想听从一次他的意愿，想让他自己决定去办结婚证的时间。我轻轻张开口正想问他的意思，忽然想到办了结婚证，还要办婚礼，脑子里顿时产生了一个"公平"的想法，微笑着对他说："这样吧，办结婚证的日子你定，办婚礼的日子我定。"

　　小温听了我的话，高兴地点了点头。他转过眼望着书桌上的台历，想了想说："下周我不上班就去办吧！"

　　"嗯！"我温柔地应了一声，慢慢低下头继续补衣服。

　　他若有所思地看着我补了几针衣服，又轻声问我："你想什么时候办婚礼呢？"

　　"嗯……"我一时没有想好什么时候办，抬起头望着他用商量的语气问，"你说什么时候办好呢？"

　　"只要你高兴，什么时候办都好！"小温微笑着脱口回答我。

　　我放下手里的衣服和针线，转过头顺眼望着旁边的书桌，无意间看到上面放着的台历，伸手拿过来放在腿上随意翻看着。我不是在选什么"黄道吉日"，而是想像许多人结婚那样，选一个节日来办婚礼，这样既热闹，又有意义。我缓缓移动着注视台历日期的目光，看到十月一日时，意外地发现——那天不只是国庆节，正好也是中秋节，我惊喜地把目光停下来定在那里，高兴地在心里想：今年的国庆节和中秋节是同一天，这可是难得遇到同一天的两个节日……我盯着台历上的"一"和"十五"这个日期，觉得这是一个很有意义的日子，很想把婚礼定在那天。

我微笑着抬起眼望着小温，用商量的语气对他说："国庆节吧，那天正好也是中秋节，好吗？"

　　"国庆节和中秋节是同一天吗？"小温有些不相信地拿着台历看了看，微笑着说，"确实很少遇到这样的日子，我们就把婚礼定在那天吧！"

　　我笑盈盈地望着小温点了点头，看到他这么满意我选的日子，心里充满了甜蜜而又幸福的感觉。小温放下手里的台历，面带微笑弯下腰把我拥入怀里，用手轻轻捋了捋我肩上的长发。我偏着头倚靠在他温暖的胸前，抬起眼望着夜空中的那弯明月，默默地在心里期待着我们的婚期……

签下一生的承诺

　　又是一个阳光明媚的上午。

　　小温和母亲推着我往镇政府走，经过一家糖果店门前时，母亲突然停下脚步，对我和小温说："你们在这里等一会儿，我去买些糖。"

　　"妈，我们今天只是去办结婚证，你买糖做什么呢？"我不解地问母亲。

　　"这是喜事啊，去办证应该请工作人员吃喜糖。"母亲微笑着说完，转身走进了糖果店。

　　我望着在店里认真挑选喜糖的母亲，想到她总是把我的事情想得很周全，还帮我做着这些本该我去做的事，心里不禁涌

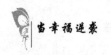

起一种感动。我注意到母亲的脸上一直挂着笑容，她微笑着挑选糖，微笑着和收银员说话，微笑着提着一包糖走出来，仿佛她的心里比糖还甜。

"阿姨，我来拿吧！"小温说着，伸手去帮母亲拿糖。

"不重，我拿，"母亲面带微笑说，"你推玲玲吧。"

我看不到小温在身后推着我的神情，听到他和母亲轻言细语地说着话，感觉到他的脸上一定也露着笑容。我倚靠着轮椅后背含笑望着前方，想到就要和心爱的人登记结婚了，心里充满了幸福和甜蜜。

来到镇政府结婚登记办公室，工作人员热情地接待了我们。这位工作人员是一个 40 多岁的阿姨，她认真地看了我们的证件，然后又看了看我身边的小温，语气有些严肃地对他说："你要想好啊，以后不能嫌弃她，也不能抛弃她。"

"嗯，我想好了。"小温毫不犹豫地回答。

"你以后要好好对她啊！"阿姨语重心长地又说了一句。

"我会的，我会一辈子对她好！"小温坚定地点了点头。

阿姨听了小温的话，没有继续说什么，她转过眼看着我，神情认真地问："你愿意和他结婚吗？"

我微笑着点了点头，轻声回答："我愿意！"

阿姨赞同似的看着我笑了笑，没有接着问什么，她从抽屉里拿出两张结婚登记表，在上面填好我们证件上的相关内容，然后递给我和小温："你们在这上面签字吧。"

我伸手接过一张表格，低着头认真地看着上面的内容。小温接过表格看都没看，放在面前的办公桌上就拿着笔签字。我抬起头有些惊讶地望着他，没有想到他竟这么认真地签着字——这是我第一次见他拿笔写字，看到他右手紧握着笔，左手压着表格的一角，低着头一笔一画地写着自己的名字，虽然每个字都写得歪歪扭扭的，但他却专心致志地写着，就像是在做一件非常愿意做的事情。

"好了，你签吧！"他认真地签完字，抬起头把笔递给我。

"哦，好。"我眨了一下望着他的眼睛，伸手接过他递给我的笔。

我拿着笔把表格放在办公桌上，低下头把目光和笔尖落在签字处，刚要动手牵出笔画，突然又停住了握笔的手，盯着面前的表格想：在这上面签了字，我和小温就不是恋人了，而是夫妻，一辈子的夫妻……想到我和他经历了那么多，走到今天真的很不容易，原本轻松的心里变得有些沉重。我缓缓抬起眼望着旁边的小温，看到他正面带微笑看着我，深情的眼神仿佛是在鼓励我，心里又想：以后不论遇到什么事情，我都会和他生活在一起，我要让所有的人都看到，我们生活得很幸福！想得这里，我心里充满了自信和希望。我抿着唇对他微笑了一下，轻轻低下头看着面前的表格，又把手里的笔尖落在签字的地方，在上面端正地签下了自己的名字……

那位阿姨看了看我们签的字，转身去拿来两个印有囍字的红本，在上面填写了相关内容，然后贴上我们的合照，加盖好钢印后，递给我们说："恭喜你们，祝你们白头到老！"

"谢谢您！"我感激地伸手接过了结婚证。

小温面带微笑弯下腰牵着我的手，保证似的对我说："我会好好照顾你一辈子！"

我微笑着望着面前的小温，看到他满眼的深情和真诚，听到他简单而又朴实的诺言，心里顿时涌起一种温暖和幸福，这种感觉把我的心充盈得满满的，使我感动得竟说不出来一句话。

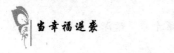

我抿着唇眨了眨有些湿热的眼睛，缓缓低下头垂下睫毛，目不转睛地凝视着腿上的结婚证，用手轻轻抚摸着上面的金色"囍"字，含着热泪笑了。

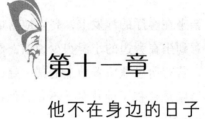

第十一章

他不在身边的日子

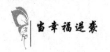

当幸福迟来

他搁下婚礼走了

上午，明媚的阳光从敞开的大门照射进来，把客厅照得很亮堂。

父亲和母亲坐在客厅的沙发上，高兴地商量着给我办婚礼的事情。我注意到坐在旁边的小温很少说话，他闭着口斜靠着椅子微低着头，若有所思地望着地上的某一处，好像在想什么心事。我目不转睛地注视了他片刻，不知道他在想什么，关心地问："在想什么呢？"

他转过头抬起眼看着我，有些为难地说："工地老板叫我去新工地上班，可准备婚礼有很多事情要做，我走了怎么办？"

听了他的话，我顿时明白了——他想去上班，可又不想耽误了我们的婚礼。我望着他，一时不知道该怎么说，默默地在心里想：他的工作很重要，要是他不去新工地上班，可能会被老板开除，会失去这份工作，可我们的婚礼才开始筹备，有很多事情需要他去做，他要是走了，这些事情怎么办……我闭着口转过头望着门外的院子，不知道该让他去上班，还是该让他留在家里筹备婚礼。

这时，母亲轻言细语地对小温说："你去吧，别耽误了工作，婚礼的事情我们会准备。"

我转过头望着旁边的母亲，正想开口说什么，这时父亲接过母亲的话，理解地对小温说："工作重要，你去上班吧，家里的事情有我们。"

　　小温听了母亲和父亲的话，没有说什么，他闭着口转过头望着我，眼神仿佛是在征得我的同意，似乎不管我的想法是什么，只要我开口说出来，他就会按我的意思决定怎么做。我望着等我开口说话的小温，一时不知该怎么说，缓缓垂下眼睫毛望着地面，默默地在心里想：他走了，婚礼的事情就全靠爸妈去准备了。我有些犹豫地抬起眼看了看父母，心里很不忍心让他们操劳这些事情，可看到他们满脸乐意的神情，又想，爸妈都支持他去上班，我有什么理由不同意呢，办婚礼也需要很多钱。想到小温不能不去工作，婚礼的事情也有父母帮忙准备，我决定还是让他去上班。

　　我扬起眼睫毛望着旁边的小温，用手捋了一下耳边的长发，轻声对他说："你去吧，婚礼的事情爸妈会帮我们准备好。"

　　小温听到我这么说，脸上为难的神情这才变成了笑容，似乎我的话让他没有了顾虑。他伸出左手牵着我放在腿上的右手，轻声对我说："新工地的活国庆节前就能完工，我会尽快回来。"

　　我低下头望着两只牵在一起的手，感觉到他其实也不想走，只是为了不失去这份工作，他没有办法留在家里筹备婚礼，不得不去远方的工地上班。我有些不舍地握着他的手，缓缓抬起头扬起眼睛望着他，理解地对他点了点头……

　　第二天一早，小温就坐车走了。

　　中午，我和父母坐在饭桌边吃饭，母亲拿着筷子正要夹盘子里的菜，忽然想起什么似的把筷子缩回碗边，转过头看着我说："玲玲，我和你爸商量好了，把我们住的那间屋换给你结婚住，以后你和小温就住这间屋，这间屋大一些，光线也好一些。"

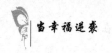

　　母亲的话让我感到很意外，我停下拿着筷子正往嘴里扒饭的手，抬起头一边嚼着嘴里的饭菜，一边望着旁边的母亲说："妈，不用了，我和小温就住原来这间屋。"

　　这时，坐在对面的父亲放下手里的酒杯，接过我的话，不允许拒绝似的对我说："听我们的，你结婚就住我们那间屋，改天我去买一些涂料回来，把墙重新粉刷过，粉刷后就像新房一样了。"

　　听了父亲的话，我闭着口没有再说什么，我了解他说一不二的性格，知道他决定了的事情就不会改变；我也明白父亲和母亲的用心，知道他们这么做是为了我着想，他们总是尽所能地给我最好的东西，关于我结婚的事情，更是事事为我准备得很妥当。我望着面前双鬓斑白的父亲和母亲，想到他们总是把最好的东西给我，心里不禁充满了温暖和感激，却不知该对他们说什么才好……

父亲为我粉刷新房

　　傍晚，父亲下班回来时，母亲在厨房一边做饭，一边对他说："你先休息一会儿，等一下就吃饭。"

　　父亲走到客厅门口放下手里的工具，拍了拍衣服上的灰尘，不饿似的说："你慢慢煮，我先去搬屋里的东西，等会儿好刷墙。"

　　父亲说着，转身走进屋去搬东西。他一会儿拖着柜子从屋里走出来，一会儿又走进屋去搬出椅子，急急忙忙地放下这件东西，又去拿那样东西……他累得满头大汗，却没有停下来休息，只是不时地抬起挽着袖子的手臂，低下头迎到衣袖上擦了擦脸上的汗。

我坐在客厅看到父亲很辛苦的样子，担心他太累了，关心地对他说："爸，休息一会儿再搬吧！"

"东西差不多都搬完了，我先去刷涂料。"父亲走到门口拿起绑着滚筒的竹竿，又转身进屋去粉刷墙。

我推着轮椅慢慢走到那间屋门口，看见父亲站在靠窗的一面墙前，他仰着头双眼朝上望着墙顶，双手举着沾满了白色涂料的滚筒，把滚筒贴在靠近天花板边的墙上，沿着墙面从上往下滚动几下，又从下往上滚动几下，使滚筒上的白色涂料粘在墙上。父亲目光专注地盯着滚筒和墙面，双手紧握着绑着滚筒的竹竿，一上一下地移动着高举着的双手，不停地重复做着这个动作……他慢慢地把滚筒刷到墙脚，转过身走到旁边的一桶涂料前，把手里的滚筒放进去重新沾上涂料，然后又转身走到还没粉刷完的墙前，双手举着滚筒继续粉刷……

我目不转睛地望着面前的父亲，不知道他手里举着的滚筒有多重，也不知道他反复做这个动作有多累，只见他的额头上渗满了大颗的汗珠，可他就像完全没有感觉到一样，任凭汗水顺着脸颊流下来。看到父亲这么辛苦地粉刷着墙，想到他下班回来没有顾着休息，只顾给我粉刷新房，心里不禁充满了感激，一股热乎乎的东西涌上眼眶，悄悄地湿润了我的双眼……

母亲做好饭走过来，站在旁边对父亲说："饭做好了，吃了再刷吧。"

父亲拿着滚筒不停地粉刷着墙，似乎没有要停下来的意思，

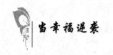

他头也不回地应了一句:"你们先去吃,我把墙刷完再吃。"

听到父亲这么说,我和母亲都没有再叫他——我们知道他说一不二的性格,即使再叫,他也不会去吃。母亲把我推到客厅的饭桌边,给我夹了一些我喜欢吃的番茄炒蛋,我闭着口若有所思地望着碗里的菜,想到父亲还饿着肚子在屋里粉刷墙,心里不禁涌起一种沉甸甸的感觉,这种感觉就像一块沉重的石头,压在胸口使我吃不下一口饭菜,只感觉湿热的双眼变得越来越模糊……

"怎么不吃呢?不好吃吗?"母亲见我坐着不吃,关心地问。

"哦……我在吃。"我轻轻眨了眨含着热泪的眼睛,怕母亲误以为是我嫌菜不好吃,急忙低下头拿筷子扒碗里的饭菜。

不知是我眼眶里蓄的热泪太多了,还是我低头的速度太快了,我张开口扒饭菜吃的一瞬间,两行热泪竟一下子冲出眼眶,顺着面颊轻轻流进我的嘴角,使我嘴里的饭菜顿时多了一种味道,一种又咸又涩的味道。

"妈,我不饿,不想吃了。"我怕母亲看到我脸上的眼泪,低着头放下手里的筷子,推着轮椅转身离开了饭桌边。

我推着轮椅走到门口擦干脸上的泪,然后又走到父亲刷墙的那间屋门口,望着正在专心刷墙的父亲,轻声说:"爸,快去吃饭,明天再刷吧。"

"我先刷完这遍,等明天涂料干了,好刷第二遍。"父亲用左手拿着滚筒一边回答我,一边用沾着一些涂料的右手撩起衣角,低下头擦了擦渗满汗的额头,然后又仰起头望着面前的墙,双手举着滚筒继续粉刷……

我望着已经被父亲粉刷好的那面墙,看到以前在墙上留下的种种污迹,都在他手里的滚筒下被覆盖去除了,粉刷过的墙变得又白又干净，可我却没有为此感到高兴，心里反而有一种沉甸甸的感觉。我转过眼望着站在墙角的父亲，看到他这么辛苦地举着滚筒粉刷墙，眼睛一下子又变得湿润了。我泪眼模糊地望着父亲，仿佛觉得他不是在用涂料粉刷墙壁，而是在用爱为我粉刷全新的生活……

深沉的父爱和母爱

下午，父亲和母亲在屋里忙着搬放新家具，母亲不放心地提醒父亲："你慢点儿，别把衣柜上的漆碰掉了，碰出痕迹不好看。"

"我注意到的，你抬着走吧。"父亲轻声应道。

我推着轮椅从妹妹屋里走到客厅，看见父亲和母亲一前一后抬着衣柜，在我的卧室门口动作缓慢地往里搬。父亲在前面抬着衣柜左看右瞅，确保不会让衣柜和门框相撞，才迈开脚往屋里走一步，生怕不小心把新衣柜撞到门框上。母亲在后面弯着腰用双手抬着衣柜，配合着父亲的动作和脚步，慢慢地跟着往卧室里走……

我不知道新衣柜有多重，只见母亲抬衣柜的两只手背上，鼓着几根平时看不见的粗筋。我看到母亲很费力的样子，心里很想走过去帮她一起抬，又想：我推着轮椅怎么抬呢？过去了反而妨碍他们做事……我望着费力抬衣柜的父母，心里有一种想帮忙，又帮不上忙的无奈和难过。

安放好新家具，父亲弯着腰拿着拖把在屋里拖地，他把原本有些脏的地拖得很干净。母亲拿着一块湿毛巾，一会儿走到窗前踮着脚尖擦玻璃，一会儿走到柜子边弯下腰擦家具……父亲和母亲一边收拾屋，一边轻言细语地说着话，虽然他们的额头上流着汗，可他们的脸上却挂着笑容，似乎一点儿也不觉得累。

我坐在卧室门口环视着屋面的东西，每移动目光看一样家具，都会盯着凝视一会儿，就像是在看什么珍贵的宝贝。我知道，这些家具是父母省吃俭用为我买的，他们平时舍不得吃好、穿好，可为了我结婚，为了给我买新家具，他们不惜花掉多年的积蓄。我望着忙着整理新房的父母，心里感到沉甸甸的，一股热乎乎的东西悄悄涌上眼眶，模糊了他们在我视线中的身影。

第二天上午，来了两个安装电话的工作人员，母亲热情地把他们迎进屋，让他们把电话安在我的写字台上。

我坐在院子里的花台边，望着走进屋的母亲和工作人员，心里感到很意外，纳闷地想：妈什么时候去叫的他们，怎么没有听她说过要安电话呢？我偏着头不解地望着屋门口，满心疑惑地正想着这个问题，这时母亲从屋里走出来端凳子，我急忙开口问她："妈，你什么时候去叫的他们来安电话？"

母亲面带微笑弯下腰一边端凳子，一边高兴地说："我昨天去给他们说的，没想到他们今天就来了，还真快！"

我望着母亲正想又说什么，这时母亲接着说："家里安个电话方便一些，你和小温结了婚，他在外面有什么事方便和家里联系，改天办婚礼，有很多事情也需要有电话才方便。"母亲说完，端着凳子转身进屋帮工作人员的忙。

听了母亲的话，我顿时明白了她为什么要安电话——她是为了方便我和小温联系，是为了方便给我办婚礼。我望着母亲朝屋里走去的背影，不禁想起从小到大，她做什么事情都会为我着想，现在我结婚了，本该是她轻松的时候，可她还在操心为我考虑事情，不知疲倦地为我做这做那，心里不禁充满了感激和内疚。

工作人员安装好电话，拿出一张有三个可选电话号码的纸，让母亲选一个固定号码。母亲拿着这张纸看了看，走到面前递给我，微笑着对我说："玲玲，你喜欢哪个号码？你选吧！"

我接过纸看着上面的电话号码，随口把每个号码都念了一遍，觉得这三个号码都很顺口，就问母亲想选哪个："妈，你觉得哪个号码好呢？"

"……900"母亲小声念了一遍这个号码，满意地笑着说，"就要这个号码吧，这个号码好记，和你的名字差不多。"

听了母亲的话，我顿时明白了她的意思——这个号码的尾

母亲一直不离不弃地疼爱着我

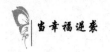

数是"零零",而我的名字也叫"玲玲",这两个音是一样的,母亲说这个号码好记,因为她时刻都把我放在心里。母亲选这个号码的原因很简单,她说这话的样子也很轻松,可我却听得心里沉甸甸的,我热泪盈眶地望着身边的母亲,心里很想对她说些什么,可发哽的喉咙却说不出来一句话……

特殊的结婚礼物

上午,我坐在阳光照射着的窗前看书,忽然听到院门外传来一声问话:"家里有人吗?"

我抬起眼望着窗外的院门,疑惑地问:"谁呀?进来吧!"

半掩着的院门在我的注视下推开了,走进来一位经常给我送信的邮递员,他背着包走过来站在窗外,拿出几封信和一个包裹让我签收。

我签收完信和包裹,客气地送走邮递员后,没有急着拆开这些信来看,而是目不转睛地盯着手里的包裹,意外而又疑惑地想:"这里面装的什么呢?会是谁给我寄来的?"我拿着这个不是很重的包裹看了看,发现上面贴着一张邮寄详单,仔细地看完后才认出寄件人的地址,心里有些惊讶地又想:这不是家美的学校地址吗?原来这是她寄来的,怎么之前没听她说要给我寄东西呢?

我望着包裹上的邮寄详单,一下子想起在远方上大学的朋友——家美。四年前,她在收音机里听到我的故事,给我写来了热情友好的信，我们俩在四年多的信来信往中，成为了很好的朋友，只是由于相隔得太远，到现在都还没有见过面。她往常要给我寄什么东西来，都会提前写信或是打电话告诉我，可这次她竟一点儿都没有告诉我。

"里面装的什么东西呢？"我猜想不到家美寄来的到底是什么，于是打开面前的写字台抽屉，从里面拿出一把剪刀，慢慢地拆着包裹……我打开包裹盒子的一个封口，伸手进去摸到一个硬硬的东西，轻轻地从盒子里取出来一看，是一件做工精致的陶瓷工艺品：一个白胡须老人穿着西装和皮鞋，一个白发老太婆穿着裙子和高跟鞋，他们俩都戴着金丝边眼镜，脸上都洋溢着开心的笑容，彼此手牵手地相互凝望着……我望着这两个精致的陶瓷人，觉得他们看上去就像是一对夫妻，看到他们幸福而又浪漫的样子，不禁也被他们的笑容感染了，脸上不自觉地也露出了笑容。

"这东西真有意思！"我用手轻轻摸了摸白胡须老头，又摸了摸穿裙子的白发老太婆，心里忽然想到一个问题：家美怎么会给我寄来这个东西呢？她是觉得这个东西做得好看，才买来送给我，想让我开心的吗？我望着这对陶瓷老人笑了笑，猜想着家美送我这件礼物的用意。

我捧着这件工艺品看了一会儿，轻轻地放在面前的写字台上，转过眼看到旁边放着的包裹盒子，随手拿起来正想丢进垃圾篓里，无意间看到里面还有一张折着的纸，意外而又好奇地拿出来展开一看，见上面写着几行熟悉的字迹："小玲，国庆节快到了，我要回老家办事，不能来参加你的婚礼，特意给你挑选了这件礼物，真心祝愿你们白头到老、永远幸福！"

我看完信纸上写的话，一下子明白了家美的用意，心里的

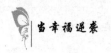

疑惑顿时变成了感动，我没有想到，一个从来都没有见过面的朋友，竟会这么有心地给我寄来结婚礼物，而且是这么精致而又特别的礼物。我抿着唇眨了眨望着信纸的眼睛，抬起眼又望着写字台上这对"老夫妻"，默默地在心里想：原来，这是家美送给我的结婚礼物，她希望我和小温就像这对夫妻一样，两个人手牵着手到老……望着这件寄托着家美的祝福的礼物，我感受到了她对我的深情厚谊，感受到了她对我和小温的真心祝福，心里不禁充满了温暖和感激。

我轻轻放下手里的信纸，双手又捧起写字台上这件礼物，微笑着把它紧紧地抱在胸前，抬起眼若有所思地望向窗外的远方，深情地在心里说着：家美，谢谢你……

熬夜为他绣鞋垫

夜色笼罩着窗外的院子，清凉的晚风透过纱窗吹进卧室，轻轻拂动着未拉严的窗帘……

我坐在窗前的写字台边看了一会书，感到脖子有些酸痛，就轻轻抬起头靠着轮椅后背，顺眼望向窗外远处的那些霓虹灯，静静地想着一些事情……

我一动不动地沉思片刻后，垂下眼望着面前的写字台抽屉，忽然想起里面放着的一双鞋垫，一下子想起了一件还没有完成的事——还有一只鞋垫没有绣完。我迅速坐正靠着轮椅后背的身体，伸手打开面前的写字台抽屉，从里面拿出那只还没有绣

完的鞋垫，取下别在上面的一根绣花针，继续绣着那些还没有
绣完的图案……

　　这双鞋垫是我为小温绣的，另一只已经绣好了，这只还差
一些花案没有绣完。我望着手里的鞋垫，不禁又想起那个下着
雨的夜晚，我和小温坐在水盆边洗脚，看到他的鞋子里没有鞋
垫，就问他："你穿鞋怎么不垫鞋垫呢？"小温习惯似的对我说：
"我平时上班穿鞋都不垫鞋垫，买一双绣花鞋垫很贵，而且不耐
穿，穿不了几天就破了。"我听了他的话，这才知道他是舍不得
花钱去买。我穿过没有垫鞋垫的鞋子，感觉脚掌贴在鞋底冷冰
冰的，一点儿也不舒服。为了让他穿鞋子的时候脚暖和一些，
我决定亲手给他绣一双鞋垫。

　　我背靠着轮椅微低着头，左手拿着这只绣了一些花案的鞋
垫，右手拿着穿着绒丝线的绣花针，目不转睛地盯着鞋垫花案
和针线，一针又一针地绣着……我用右手的食指和拇指捏紧绣
花针，把针尖刺进有些硬的鞋垫布面，然后放开紧捏着针的两
个手指，把右手从鞋垫上面放到鞋垫下面，用食指和拇指捏紧
刺穿鞋垫的针尖，使劲儿抽出刺穿在鞋垫上的针线。我不眨眼
地盯着绣花针刺穿的地方，右手不停地在鞋垫上来回抽着针线，
每从结实的鞋垫上抽出一针，手指和手腕都要使出很大的劲儿，
而且抽出来的丝线不能拉得太紧，也不能拉得太松，要保持每
一针的松紧度都一致，这样绣出来的图案才平整好看。

　　橘黄色的灯光柔和地笼罩着卧室，墙上的钟摆嘀嗒嘀嗒地
响着，窗外偶尔吹起阵阵清凉的夜风，把院子边那些竹叶吹得
沙沙作响……

　　我拿着鞋垫不知绣了多长时间，感到双眼变得又胀又痛，
右手也在不断用力穿刺针的动作中，变得越来越软，尤其是用

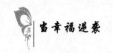

力捏紧绣花针的两个手指，变得又麻又痛。"呵啊——"我有些困倦地打了一个哈欠，随手把鞋垫放在面前的写字台上，抬起眼随意望向窗外，看见远处那些静静闪烁的彩色灯光，不禁想起小温陪我看霓虹灯的情景，心里顿时又涌起对他的思念：亲爱的，你这会儿在做什么呢？是在加班？还是已经睡了？我抿着唇缓缓垂下眼睫毛，无意间看到写字台上的电话，心里又想，家里安电话了，我好想给你打电话，好想和你说说话，好想你快点回来……我很想拿起面前的电话给小温打，可又不知该打到哪里，因为我不知道他工地的电话号码。

"唉！"我望着面前的电话轻声叹了一口气，转过眼望着旁边放着的鞋垫，看到那些花案被我绣得越来越完整，默默地在心里想：再过几天就是国庆节了，小温应该快回来了，等我们举行婚礼的时候，我要让他穿上我亲手绣的鞋垫，他一定会感到很温暖、很高兴……我若有所思地盯着面前的鞋垫，想象着我们举行婚礼时的画面，想象着他脸上洋溢着的幸福的笑容，心里不禁荡漾起一种甜蜜的感觉，嘴角随之牵动出一丝幸福的笑容。

我慢慢坐直倚靠着轮椅后背的身体，决定把鞋垫上那些剩下的花案绣完，想在婚礼那天给小温垫皮鞋里穿。我轻轻抬起放在腿上的右手，伸到台灯下想拿起写字台上的鞋垫，无意间看到有些痛的食指变得很红，指尖上还有一条破皮的小口，这才注意到是我用力抽针时弄伤的。"哟！"我忍着痛用左手揉了揉右手食指，然后拿起写字台上的鞋垫和针线，继续一针一针地绣着……

第十二章

有情人终成眷属

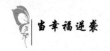

我决定不要婚戒

两天后，小温从远方回来了。

吃过晚饭，他坐在床上陪我说话，我忽然想起为他绣的那双鞋垫，伸手打开面前的写字台抽屉，从里面拿出崭新的绣花鞋垫递给他，微笑着对他说："看看我给你绣的鞋垫，好看吗？"

小温有些意外地望着我手里的鞋垫，伸手接过去摸了摸这只，又看了看那只，高兴而又满意地说："你什么时候绣的？真好看！"

"你去远方上班的时候绣的，"我微笑着望着他，轻声问，"喜欢吗？"

"喜欢！"小温看着鞋垫一边回答我，一边用手抚摸鞋垫上绣的花，眼神里流露出很少见的欣喜。

看到他这么喜欢这双鞋垫，我一时全忘了绣鞋垫时的辛苦，满心愉悦地望着他笑了笑，默默地在心里想：平时都是他为我做这做那，我能为他做的事情很少，没想到一双鞋垫竟让他这么满足……想到自己平时很少为他做些什么，这么久才绣了一双让他高兴的鞋垫，心里既感到很高兴，又感到很愧疚，觉得自己为他做的事情实在太少了。

"没想到你这么会绣鞋垫，以后我就不用去买了。"小温放下鞋垫走过来搂着我，嬉笑着说。

我倚靠在他怀里抿着唇微笑了一下，没有接过他的话说什么，默默地在心里想：不管做什么事情，只要你喜欢，只要我能做到，再苦再累，我都愿意为你做……

第二天上午，我坐在窗前的写字台边梳头，小温走过来站在旁边对我说："我推你去上街吧，我们去买东西。"

我放下梳子抬起眼望着窗外的院子，有些不想去地说："你想买什么，自己去买吧。"

"我不知道你喜欢哪种，"小温弯下身伸手搂着我的双肩，轻声说，"走吧，我推你去买金戒指和项链。"

我意外地转过头望着他，没有想到他是想去给我买东西，而且是给我买金戒指和项链，就很惊讶地问："给我买这些做什么？"

"你结婚戴啊，"小温用手捋了捋我肩上的长发，微笑着说，"别人结婚都戴了的。"

听了他的话，我顿时明白了他的意思——他是想让我像别人那样，结婚时也戴上金戒指和项链。我闭着口望着身边的他，看到他眼神里流露出的真诚，心里顿时涌起一种感动，不仅是因为他要给我买戒指和项链，更因为他想给我买这些东西的想法，让我感受到在他心里，我不是一个残疾人，而是一个和健全人一样完美的女孩——至少他想给我一场完美的婚礼。我一下子不知该说什么才好，满满的只有感动，这种感觉就像窗外照射着我的阳光，让我感到那么温暖而又幸福。

我转过头望着院子里的月季花，忽然想起一个电视广告：一个新郎牵着一个新娘的手，轻轻地在她手指上戴上一个戒指，那个戒指闪着亮晶晶的光，十分好看……我若有所思地想着那个戒指广告，心里很想拥有那个印象很深的戒指，很想像别的女孩那样，结婚的时候也戴上自己喜欢的戒指。

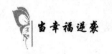

　　我转过头望着身边的小温，正想跟他说那个广告的戒指，看到他被太阳晒得有些黑的脸，忽然想起他舍不得花钱买鞋垫的事，心里又有些犹豫地想：他在外面打工很辛苦，挣钱也不容易，金戒指和金项链都很贵，我不能让他给我买这些，办婚礼还需要花很多钱，我不能把他辛苦挣的钱都花光了。想到他打工挣钱很辛苦，办婚礼又需要花很多钱，我抿着唇悄悄咽下原本想说的话，决定不要他给我买戒指和项链。

　　我不想要似的轻声对他说："算了，金戒指和项链太贵了，我不要。"

　　小温听到我这么说，似乎感觉到我是在顾虑钱的问题，认真地对我说："我回来的时候发了工资的，要是钱实在不够，我去借点来给你买。"

　　听到他说要去借钱，我迅速坐端依靠着他的身体，急忙打断了他的话："别去借钱，这又不是结婚必须要买的东西。"

　　小温站在身边望着我想了想，退让似的又说："那就买一个戒指吧，戒指花不了多少钱。"

　　我望着一脸认真的他，从他真诚的语气里感受到，他是真心想给我买，想让我戴上结婚时该戴的东西，可我真的不想这样花他辛苦挣的钱，也不想让他为此欠别人的账。我牵着他的手微笑着说："戒指和项链只是形式上的东西，我不戴也照样结婚啊，而且我们会比别人更幸福！"

　　小温听了我的话，没有继续说什么，他把我搂在怀里幸福地笑了。

　　我偏着头依偎在他温暖的怀里，想到他一直以来对我的真心和深情，觉得这比金戒指和金项链更珍贵，我相信只要我们俩的感情好，结婚后一定会生活得很幸福。

172

表姐为我布置新房

下午，我坐在窗前的写字台边包红包，忽然听到院门口传来热闹的说话声，本能地抬起头朝窗外的院门望去，看见几个表姐来了，她们说笑着和母亲一起走进屋来。

我放下手里正在包的一个红包，推着轮椅转过身正想出去迎接她们，这时，大表姐双手提着两包东西走进来，还有另外两个表姐也跟着走进来，她们手里抱着许多鲜花，面带微笑走到面前对我说："玲玲，我们来给你布置新房了。"

"表姐，你们买这么多花啊，真漂亮！"我惊喜地望着表姐手里的鲜花，高兴地笑着说。

二表姐递给我一束玫瑰花和满天星，微笑着对我说："我们知道你喜欢花，专门买来给你装饰新房的。"

我笑盈盈地伸手接过鲜花抱在胸前，满眼喜悦地望着半苞半开的玫瑰，看到娇艳的花瓣上挂着晶莹的水珠，十分好看，还有插在中间的那些满天星也非常好看，数百朵洁白无瑕的小花，衬托着红艳艳的玫瑰，显得格外美丽。我低下头把鼻子凑近胸前抱着的花，深吸了一口玫瑰花的香气，高兴地笑着说："好香啊，谢谢！"

大表姐站在床边放下手里提的东西，有些感触似的对我说："我们结婚时没有这样的条件，现在有条件了，帮你把新房布置得漂亮一些。"

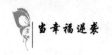

　　我听了大表姐的话，心里顿时涌起一种温暖和感激，正想张开口对她说些什么，这时旁边的另一个表姐接过她的话，开玩笑对她说："要不，你再重新结一次婚吧！"

　　"哈哈哈……"

　　表姐们嘻嘻哈哈地说笑了一会儿，就开始忙碌着为我布置新房。大表姐从包里拿出一些东西：有几张金边的红色喜字、几十个未吹的彩色气球、几叠彩光纸做的拉花……她拿出这些装饰新房用的东西，站在旁边双手拿着一叠压缩的拉花，沿着花边一层一层地慢慢拉开，生怕不小心把拉花撕坏了。

　　二表姐坐在床上用嘴吹着气球，不知是因为吹得太用力，还是因为这些气球太难吹，她吹得两边脸颊都涨得红红的，却没有停下来歇息。她似乎一点儿也不觉得费力，连续吹了好几个粉色的心形气球，然后又拿起另一个红色气球继续吹……

　　另一个表姐拿着几张红喜字，一会儿走到门口贴一张在门上，一会儿走到窗前贴一张在窗玻璃上，一会儿走到床头贴一张在墙中间……她高兴地哼着歌贴完喜字，又拿起床上的气球挂到衣柜上、窗户上和墙上，然后又用各种各样的鲜花来装饰。

　　大表姐把压缩的拉花展开后，原本只有薄薄的几叠拉花，变成了几种又长又漂亮的花藤形状，有彩色的凤尾形、金色的枫叶形、红色的喜字形……大表姐把这些展开的拉花放在床上，然后搬来一架木梯放在屋子正中，她一只手提着一个很大的拉花吊篮，一只手扶着木梯慢慢地爬上去，仰着头举着手小心地挂到屋顶中间。她挂好手里那个彩色的拉花吊篮，慢慢地从木梯上爬下来，又把木梯搬到对面的墙角，拿起床上的另一根拉花又爬上木梯，双手举着拉花在天花板边挂着……

　　阳光从窗外射进来照在拉花上，使房间里吊着的彩色拉花闪着反光，显得十分好看。阵阵清爽的风通过窗户吹进来，轻轻吹拂着写字台上那束玫瑰花，使整个房间都弥漫着玫瑰花的芳香。

我坐在写字台边望着表姐们，看到她们走来走去不停地忙碌着，想到她们为了给我布置新房，不仅花费钱给我买这么多东西，还这么辛苦地做这做那，心里充满了感激。很多人都说我是不幸的，他们都说错了，其实我真的很幸福，有这么多人爱着我……我若有所思地望着面前的表姐，心里明明有很多感触，嘴上却说不出来一个字。

我眨了眨有些发热的眼睛，慢慢地推着轮椅走到床头柜边，伸手拿起上面放着的一束百合花，轻轻地摸摸这朵，又低下头闻闻那朵……我闭着眼深吸了一口百合花香，缓缓抬起头睁开眼环视着房间，望着这间被表姐们布置得很漂亮、很喜庆的新房，想到自己明天就要做新娘了，心里充满了幸福而又喜悦的感觉。这种感觉从我心里溢出来，在我脸上展露成甜美的笑容……

思绪绵绵的一夜

月亮缓缓穿过云层露出了脸，洒下朦胧的月光笼罩着宁静的大地。阵阵清凉的晚风从窗外吹进来，把窗户上挂着的气球吹得飘来飘去……

母亲站在写字台边接姨妈打的电话，她拿着听筒一会儿高兴地说："已经买了"，一会儿又笑着说："都准备好了……"

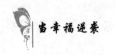

　　我坐在铺满橘色灯光的床上，若有所思地望着面前的母亲，听到她和姨妈说着明天办婚礼的事，想到她这段时间为了给我筹备婚礼，每天都不知疲倦地忙这忙那，心里不禁涌起深深地感激，还有无法回报这份母爱的愧疚。

　　母亲和姨妈通完电话后，走到床边坐下来满眼慈爱地看着我，她一边伸手捋了捋我披着的长发，一边轻声对我说："玲玲，你明天就要结婚了，看到小温对你这么好，妈就放心了！"

　　我望着满脸欣慰的母亲，听到她语重心长地这么说，心里并没有为自己要结婚了而高兴，反而有一种沉甸甸的感觉，这种感觉让我突然很想哭，一股热乎乎的东西从心底涌上来，迅速升到眼眶模糊了我的视线——我不是不高兴结婚，而是想到母亲把我抚养长大，实在太不容易了，我的幸福是她用心血和汗水换来的。我的心里有很多话想对母亲说，可发哽的喉咙却说不出来一个字。我低下头顺着母亲的手臂斜靠着她，忍不住流下两行蓄满眼眶的泪水，轻轻滴落在母亲腿边的左手背上。

　　"玲玲，你怎么哭了？"母亲发现我在流眼泪，捧着我的脸有些惊慌地问，"发生什么事了吗？你是不是不想结婚？"

　　我看到母亲有些惊慌的样子，急忙抬起手擦了擦脸上的泪水，轻声对她说："妈，没事，我不是不想结婚，是……太高兴了！"

　　母亲听到我这么说，脸上的不安这才变成了放心的笑容，她把我拥在怀里轻声说："结婚是好事啊，不要哭。"

　　我靠在母亲温暖的怀里沉默了片刻，听到墙上的时钟又敲响了，慢慢坐起身对她说："妈，你去睡吧！"

　　"嗯，你也早点睡。"母亲抱我躺好后，关灯走出了房间。

　　黑漆漆的房间里顿时变得很寂静，除了墙上"嘀嗒嘀嗒"

176

的钟摆声，几乎听不到任何的声响。窗外远处的公路上偶尔驶过一辆车，一道醒目的光线射在墙上一晃而过，瞬间消失得没有留下一丝痕迹。

我静静地侧躺在床上面朝窗户，若有所思地望着车灯晃过的窗外，想到自己明天就要结婚了，就要像别的女孩那样成为新娘了，不禁想起过去的一些事情，想起一些人曾经嘲笑我的话："她这个瘫子娃儿，活着也没用。""他家女儿这辈子完了，这么个瘫子，以后怎么嫁得出去……"这一句句别人曾经嘲笑我的话，就像刚才那道醒目的车灯一样，从我的记忆深处闪现出来，清晰而又响亮地在我耳边回响着，却没有像车灯那样瞬间消失干净，而是在我心里牵引起一阵阵痛。我难过地垂下睫毛闭上双眼，想到自己因为残疾，被别人鄙视嘲笑，父母因为生了我这个走不动的女儿，被别人说三道四看笑话，眼泪忍不住夺眶而出。

都过去了，这一切都过去了！我咬着唇翻过身平躺在床上，睁开眼望着黑漆漆的天花板，拿着头边的枕巾擦了擦眼角的泪水，默默地在心里安慰自己：现在不是有许多人都羡慕我吗，他们羡慕我有一个温暖和睦的家，羡慕我有这么疼爱我的父母，还有对我这么好的爱人……我想到一些人确实没有我生活得好，心里又涌起一种幸福温暖的感觉，这种感觉渐渐止住了我心里的难过。

我微微张开口轻轻地深呼吸了一下，翻过身又面对窗户侧躺着，看见将圆的月亮挂在天幕上很明亮，它虽然没有满月那么圆，但它依然在夜空中亮着皎洁的光，忽然觉得平时容易被人忽视的半月，其实也很美。我若有所思地望着夜空中的月亮，静静地在心里想象着明天的婚礼。

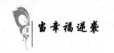

轮椅上的新娘

阳历十月一日，农历八月十五，国庆、中秋双节同至。

上午，太阳挂在蔚蓝的空中洒下金色的光，照耀着院子里盛开的月季花，几十张摆放得整整齐齐的桌椅，厨房旁边灶台上冒着热气的蒸笼……洒满阳光的院子里充满了喧哗的说话声，许多亲朋好友都来了，他们有的说说笑笑聊着天，有的忙碌着准备婚礼，有的忙碌着和厨师一起准备宴席，整个院子里充满了欢喜热闹的气氛。

此时，我的房间里也说笑声不断，几个亲戚朋友高兴地围在我身边，看着专程赶来给我梳头化妆的表姐，打扮着轮椅上的新娘。

我穿着一套崭新的红色衣裙，胸前戴着一朵印着"新娘"两字的胸花，端坐在窗前的写字台边，望着面前镜子里微笑着的自己，还有站在身后给我梳头的表姐，心里充满了喜悦而又甜蜜的感觉。

表姐拿着梳子正要给我盘头发，这时，坐在旁边的姨妈突然说了一句："等一下再盘，先让玲玲的舅妈给她梳梳头。"

"好的，我去叫她。"表姐放下手里的梳子，转身走到院子里去叫舅妈。

我转过头疑惑地望着姨妈，不解地问："为什么要先让舅妈给我梳了再盘呢？"

姨妈面带微笑对我说:"舅妈给你梳头代表'过旧',就是一切不好的事情都过去了,你结婚后会过得越来越好!"

我听了姨妈的话,心里不禁感到有些想笑,觉得这根本就是不可信的迷信说法。我暗笑着张开口正想又说什么,这时舅妈和表姐一起从门外走进来,她站在身边拿起写字台上的梳子,一边轻轻给我梳着肩上披着的长发,一边微笑着语重心长地对我说:"玲玲,舅妈给你梳头后,你的新生活就开始了,祝你和小温白头到老、永远幸福!"

我闭着口望着写字台上的镜子,不是在注意看自己的样子,而是在看站在身后给我梳头的舅妈,听到她这番朴实而又真挚的话,心里顿时涌起一种温暖和感动,一下子明白了她给我梳头的用意,明白了这并不只是一种迷信——这是长辈对我的一种祝福,一种饱含着关爱的祝福,此刻,从来都不相信迷信的我,竟不觉得舅妈的话好笑,反而感到心里有一种沉甸甸的感觉。我目不转睛地望着镜子中的舅妈,心里充满了对她的感激,却不知该对她说什么才好,只是抿着唇感激地微笑着。

舅妈用心给我梳了几下长发,把手里的梳子递给旁边的表姐,让她给我盘头发。表姐动作熟练地给我盘好头发后,打开写字台上的化妆包,从里面拿出各种化妆品给我化妆,她一会儿拿粉扑给我打粉底,一会儿拿眉笔给我画眉毛,一会儿拿唇膏给我涂口红……

表姐站在面前认真地给我化着妆,她遮挡住了写字台上的镜子,我完全看不到正在化妆的自己,不知道自己化了妆会变成什么样子,又不能在轮椅上随便动,只好闭着眼一动不动地让表姐打扮。

过了一会儿,表姐给我化好妆,拿起写字台上的镜子递给

我，微笑着说："好了，看看自己漂不漂亮。"

我也成了美丽的新娘

我睁开眼拿着镜子对着自己的脸庞，目光落到镜子上看到自己的一瞬间，意外而又惊讶地发现自己完全变了：装饰着花朵发饰的盘发造型、白皙而又透着红晕的脸庞、柳叶一样细长的眉毛、一双涂着靓丽眼影的大眼睛、娇艳欲滴的红唇……天啊，这是我吗？我目不转睛地望着镜子中的自己，没有想到自己化了妆竟这么漂亮，不由得在心里暗自惊问，就像不认识自己似的。

这时小温来了，他穿着崭新的白衬衫，胸前戴着一朵印着"新郎"两字的胸花，刚走进门口，表姐就笑着对他说："快来，看看你的新娘漂亮吗？"

小温面带微笑走到身边看着我，轻轻牵起我的手说："漂亮！"

我有些羞涩地含笑望着身边的他，看到他满脸喜悦的笑容，还有饱含深情的眼神，心里充满了幸福而又甜蜜的感觉。我一下子竟不知该说什么，只是轻轻垂下扬着的眼睫毛，把目光落在他和我牵在一起的手上，默默地在心里对他说：这辈子，我会牵你的手到老……

祝福声中的婚礼

几个亲朋好友在屋里说笑了一会儿，主持婚礼的表姐走过来对我说："玲玲，快 12 点了，我们出去吧！"

"嗯，好的。"我微笑着点了点头。

小温推着我刚走出客厅门口，我看到洒满阳光的院子里宾客如云，有的围坐在桌子边说说笑笑，有的三五个聚在一起聊着天，还有一些小孩子拿着喜糖追逐嬉戏，整个院子一片欢喜热闹的景象。

"新娘好漂亮啊！"不知是谁惊喜地大声说了一句，大家都把目光投向了我。

我有些不好意思地笑了笑，心里有些慌乱地想：他们怎么都看着我呀？是觉得我今天不一样吗？还是……没有看到过坐着轮椅结婚的人？我胡乱猜想着客人们为什么看着我，目光躲闪地眨了眨眼睛，转过头望着花台里的月季花，想到大家都看着我，又悄悄地在心里鼓励自己：别想那么多，他们都是来参加我的婚礼的，都是来祝福我的。我抿着唇轻轻深呼吸了一下，又转过头微笑着和宾客们说话。

八十多岁的黄奶奶拄着拐杖走过来，站在面前慈祥地对我说："玲玲，你今天结婚好啊，阳光都这么灿烂，你和小温会一辈子幸福的！"

我微笑着望着面前的黄奶奶，明白她这么说的意思——她

是想说好天气是好兆头，是想祝福我和小温永远幸福，黄奶奶简单朴实的话，就像此时照耀着我的阳光，让我感到很温暖。我满眼感激地望着黄奶奶，微笑着对她说："黄奶奶，谢谢您的祝福！"

这时，院门外突然响起了鞭炮声，"噼里啪啦"的声音震响了整个院子，使人声鼎沸的院子显得更热闹。我双手捂着耳朵望着院门外的鞭炮，这时，小温走到身边弯下腰对我说了什么，他的说话声被鞭炮声覆盖了，我没有听清楚，也没有回答他，只是对他微笑了一下。

震耳欲聋的鞭炮声刚响完，主持婚礼的表姐走到我和小温旁边，面带微笑对院子里的宾客们说："各位亲朋好友，大家好！今天是玲玲和小温的大喜日子，首先感谢大家来参加他们的婚礼……"

我面带微笑端坐在轮椅上，望着宾客们挂着笑容的面庞，听到表姐言真意诚的婚礼致辞，不禁想起自己去参加别人的婚礼时看到别人结婚的心情，有些感触地在心里想：以前都是我看别人结婚，从来都没有想过自己也会有这一天，也会成为大家注目的新娘……我若有所思地眨了眨眼睛，偏过头看了看站在身边的小温，他正微笑着看着我，眼神里充满了喜悦和深情，似乎并没有注意到我心里想的事情。我微微张开口对他微笑了一下，慢慢转过头望着面前的宾客们，感觉自己仿佛被幸福的光环笼罩着，心里也充满了喜悦和甜蜜，还有对大家的感激。

"玲玲和小温终成眷属，离不开生养他们的父母，现在请他们的父母到前面来，接受两位新人表达的一份感恩之情。"表姐的话音刚落，院子里顿时响起一片热烈的掌声。

父亲和母亲一前一后从旁边走过来，他们的脸上都挂着高兴的笑容。母亲走到我和小温面前，一只手牵起我的右手，另一只手牵起小温的左手，微笑着把我的手放在小温手里，语重心长地对他说："小温，妈把玲玲交给你了，你要好好照顾她，祝你们俩白头到老、永远幸福！"

执子之手　与子偕老

小温紧紧地牵着我的手，恭敬地弯下腰向父母鞠了一个躬，语气坚定地对他们说："爸妈，你们放心，我会好好照顾小玲，一辈子都对她好。"

我望着面前满脸欣慰的父母，想到他们把我抚养长大结婚，为我付出了太多太多，心里不禁充满了对他们的感激，一股热乎乎的东西从心底涌上眼眶，迅速模糊了我的视线。我含着热泪抿着唇微笑了一下，端坐在轮椅上向父母深情一拜，感激地对他们说："爸妈，谢谢你们，你们辛苦了！"

这时，姨父拿着照相机走到旁边，给我们照全家福。父亲和母亲高兴地站到我身后，妹妹也笑着走过来站在我身边，小温站在右面牵着我的手，我们都微笑着把目光看向镜头，随着咔嚓一声快门声响，全家人脸上展露着的笑容，在照相机的镜头下凝聚成了永恒……

第十三章

危及生命的孕情

又喜又忧的结果

一个多月后的一天下午，我躺在床上慢慢睁开眼醒来，看见一束阳光通过窗户照着我的脸，把我有些惺忪的眼睛射得很痛。我轻轻动了一下被子盖着的手，想抬起来遮挡这束刺眼的光线，可手软得就像还没有苏醒过来一样，根本无力抬起来，我只好慢慢偏过头去避开这束光线。

这时，母亲走到床边见我醒了，关心地问："玲玲，想不想吃点什么？"

我慢慢偏过头来望着母亲，有气无力地回答："不想吃。"

"你两天都没吃东西了，妈背你去医院看看。"母亲说着，把我抱起来穿好衣服，然后背着我去了医院……

医生给我做完身体检查，把我的血液和尿液拿去化验室化验，叫我和母亲在诊疗室等结果。

我软弱无力地趴在办公桌上，若有所思地望着面前的一叠病历夹，悄悄地在心里想：我到底怎么了，怎么吃不下东西，呕吐无力的症状也越来越严重？以前医生做完检查都是直接开药，这次怎么还要化验血和尿呢？难道……我得了什么很严重的病吗？我有些紧张地胡乱猜想着，心里顿时变得忐忑不安。

过了一会儿，医生拿着化验报告走进来，认真地对询问结果的母亲说："你女儿没有得什么病，她怀孕了。"

母亲听了医生的话，高兴地说："太好了，这下我就放心了！"

　　我意外而又惊讶地坐起身靠着轮椅，睁着一双大眼睛发愣地望着医生，简直不敢相信她说的是真的。我怀孕了？我真的怀孕了？我以为自己听错了，有些不相信地在心里惊问，可看到医生神情认真的样子，又清醒地意识到这是真的，心里的忐忑一下子变成了惊喜，脸上顿时展露出喜悦的笑容。

　　医生坐在办公桌边看了看化验单，又对母亲说："你女儿身体很虚弱，早期反应就这么严重，以后可能还会出现一些不好的情况。"

　　我急忙接过医生的话，有些担心地问："会出现哪些不好的情况呢？"

　　医生没有马上回答我的问题，她不慌不忙地放下手里的化验单，看着我沉默了片刻，认真地说："你属于高危妊娠，而且你的骨盆有些异常，可能会导致胎位不正，会影响胎儿正常发育。你这种情况还容易出现一些危险，比如流产和子宫破裂，一旦子宫破裂，就可能会有生命危险。"

　　医生的话简直就像在宣布我的"死刑"，我仿佛感觉瞬间从天堂掉到了地狱，心里的欣喜刹那间消失得干干净净，取而代之的是满心的意外和恐惧。我傻了似的望着面前的医生，震惊而又难过地在心里想：怎么会这样，我好不容易怀上了孩子，怎么会出现这么多可怕的情况……我闭着口无法接受地摇了摇头，垂下睫毛低着头望着自己的腹部，仿佛是在望着腹中的孩子，想到我可能会失去他（她），心里有一种比死还难受的感觉，这种感觉让我感到有些透不过气。

　　这时，医生语气严肃地又说："你的身体情况可能只能怀一次孕，不过为了你的生命安全，我建议你不要这个孩子，你和家人考虑一下。"

母亲听了医生的话，满脸担忧地张了张口想说什么，又欲言又止地闭上口什么都没说，似乎一时间很难作出任何决定。她神情忧虑地转过头看着我，那担忧的眼神似乎是在告诉我，她更为我的生命安危着想。

　　我望着面前的医生和母亲，知道她们担心我的生命安全，我怕她们会劝我不要孩子，一时顾不上想太多，也来不及考虑什么，语气坚定地脱口就说："不，我要这个孩子！"

　　母亲听到我这么说，没有劝我什么，只是满眼担忧地看着我。我不忍心看到母亲为我担忧，抿着唇难过地低下头望着腹部，不知道该说些什么才能让她放心，只想竭尽全力保住腹中的孩子，默默地在心里想：我不能不要这个孩子，我要是放弃了，以后可能再也怀不上了……我缓缓抬起头望着窗外的天空，有些无助地在心里祈祷，医生只是说可能会出现危险情况，并不是一定会这样，既然老天爷保佑我怀孕了，也会保佑我和孩子平安……要是小温知道我怀孕了，他一定会非常高兴……想到小温为此感到高兴的样子，我心里顿时多了一份勇气，决心一定要生下这个孩子。

我对他隐瞒了实情

　　上午，我躺在床上迷迷糊糊地睡觉，被院子里的一阵犬吠声惊醒了。我睁开眼望着有脚步声的窗外，以为是母亲回来了，静静地听了片刻，才听出是别人路过。

当幸福还未来袭

　　我垂下睫毛收回望着窗外的目光，偏过头看到床头柜上放着的结婚照，心里顿时又想起远方的小温：亲爱的，我好想你……我怀孕了，我们有孩子了，你知道了一定会很高兴吧……我目不转睛地望着照片上的小温，想到他知道这件事情后欢喜的样子，嘴角不禁牵动出一丝笑容。

　　"丁零零——"

　　床头柜上的电话突然响了，我慢慢伸手拿起听筒问对方找谁，听到对方说打错了，又轻轻地把听筒放了回去。我望着面前这部刚刚响过的电话，忽然又很想给小温打个电话，很想告诉他我怀孕了，很想让他回来陪陪我。从医院回家后的这两天，我几次拿起电话想给他打，想告诉他这个既高兴又可怕的消息，可为了不让他在远方担心，我又一次次放下了电话。我抿着唇望着电话犹豫了片刻，满心的思念抵御了所有的顾虑，忍不住拨通了他工地传达室的号码……

　　过了一会儿，电话里传来小温的声音："喂，小玲吗？"

　　我双手紧握着贴在耳边的电话听筒，清晰地听到小温那熟悉的说话声，顿时感到既高兴又难过，不知是因为太想念他，还是因为心里承受着太大的压力，眼泪竟不自觉地瞬间涌出了眼眶。我难过地闭了一下湿润的眼睛，立刻意识到不能让小温听出我在哭，不能让他胡猜乱想为我担心着急，急忙用手一边悄悄擦着脸上的眼泪，一边装作没事似的轻声回答："嗯，是我。"

　　小温在电话里似乎没有觉察到什么，他语气有些慌忙地说："我在上班，有什么事吗？"

　　"我……"

　　我张开口正想告诉他我怀孕了，脑子里突然又想起医生说的话："你这种情况还容易出现一些危险，比如流产和子宫破裂，一旦子宫破裂，就可能会有生命危险……"想到医生对我说的话，想到我和孩子都可能有意外和危险，我一下子不知该怎么说，欲言又止地闭上口咽下了想说的话，悄悄地在心里想：我不能告诉他这些，不能让他知道我怀孩子有生命危险，不能让他在远方为我担心……我抿着唇难过地垂下睫毛闭上眼，不知道该不该告诉他这件事情，也不知道他知道后会有怎样的反应。

"怎么了？"小温听到我沉默不语，关心地问。

我慢慢扬起睫毛睁开湿润的双眼，静静地望着电话旁边放着的结婚照，看到小温在照片上微笑的样子，听到他从电话里传来的关切的声音，心里好想能依偎在他温暖的怀里，好想有他在身边安慰我、保护我，好想和他一起承担我心里的压力。可我不能在电话里告诉他这些，不能让他在工作时间为我担心不安，只能把难过和压力都藏在心里，悄悄地又流下两行夺眶而出的眼泪。

"小玲，怎么不说话了？"小温在电话那端关心地又问。

我难过地握着电话听筒沉默了片刻，正想开口对他说什么，忽然听到电话那端有人叫了他一声，好像在催他快去搬什么东西，一下子意识到不能耽误了他工作，支支吾吾地说："我……生病了，你回来一趟吧。"

小温在电话里回答了一声叫他的人，慌忙对我说："先让妈背你去医院看看吧，我抽时间回来。"

我感觉到他要忙着去干活，抿着唇轻声应了一句："嗯，你快去上班吧！"

"那我先挂了。"小温说完，急急忙忙地挂断了电话。

我轻轻放下响着忙音的听筒，慢慢拿起电话旁边放着的结婚照，若有所思地望着照片上的小温，心里既希望他快点回来，又害怕他回来，害怕他得知这个既会让他感到高兴，又会让他感到可怕的消息。我该怎么办，要是我和孩子真的发生了什么意外，他一定会很难过……想到小温可能会失去我和孩子，我想象不到他会有什么样的反应，只感到心里有一种仿佛要窒息的痛。我难过地闭上噙着泪水的双眼，把照片贴在胸前紧紧地抱着，在痛苦和思念中又昏昏沉沉地睡去……

不顾一切保住胎儿

第二天晚上，小温回来了。

我躺在床上昏昏沉沉地醒来时，他端着一杯水坐在床边喂我喝。我低着头捧着杯子慢慢喝了几口水，突然又很想吐，急忙放下杯子趴在他腿上，面朝地面止不住地呕吐……

这时母亲进来见我又吐了，担心地说："玲玲，你吃什么都吐，这样下去身体怎么受得住。"

我"翻江倒海"似的呕吐一阵，感到心脏"扑通扑通"地加速在跳，额头上也直冒虚汗，软弱地偏着头斜靠在小温胸前，闭着眼没有精神说话。

小温双手围抱着全身无力的我，关心地说："妈都告诉我了，你怀孕了怎么不跟我说呢？"

我轻轻扬起睫毛睁开眼望着他，本以为他知道这个消息会很高兴，可他的眼神里却流露出一种担忧，让我敏感地意识到——母亲已经把医生说的话全告诉他了，他已经知道了我原本想隐瞒的实情，顿时明白了他在担忧什么。看到他眼神里流露出的对我的担忧，我心里突然有一种沉重的感觉，觉得自己很没用，不但没有带给他本该有的喜悦，反而让他为这件事情担忧。我一时不知道该怎么说，缓缓垂下睫毛望着地上的沙发影子，不想让他看出我心里的痛苦和忧虑。我抿着唇轻轻深呼吸了一下，故作轻松地抬起眼望着他说："你上班那么忙，我想等你回来了再告诉你。"

小温神情忧虑地抱着我，默不作声地沉默了片刻，语气艰难地说："你怀孩子这么危险，我们……不要孩子吧。"

我没有想到他会说不要孩子，满眼意外而又惊讶地望着他，看到他担忧而又不舍的眼神，感觉到他心里其实很想要孩子，也知道他是担心我的身体会撑不住，才会做出不要孩子的决定，心里既感动，又难过——我没有想到，他竟把我的生命看得比孩子更重要，甚至为了我宁愿不要孩子。我抿着唇双眼发热地望着小温，知道他很担心我的生命安全，可我真的不想放弃腹中的孩子，我想生下他（她），哪怕用我的生命去交换，我也愿意。

我难过地望着他沉默了片刻，轻轻眨了眨有些湿润的眼睛，故作坚强地对他说："放心吧，医生只是说可能会有危险，可能不会有什么事……我们好不容易才有孩子，我想把他（她）生下来。"

"可是……"小温望着我犹豫了片刻，语气坚定地说，"你怀孩子太危险了，我不能让你拿生命去冒这个险。"

我正想张开口又说什么，这时旁边的母亲也担忧地劝我：

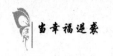

"玲玲，你怀孩子有生命危险，就不要这个孩子吧，妈怕你的身体会撑不住。"

我偏着头转过眼望着母亲，看到她满脸担忧的样子，听到她语气里充满了心疼和不安，心里顿时感到沉甸甸的。我知道母亲也很担心我有生命危险，心里很不想让她为我担心，装作没事似的微笑着安慰她："妈，我不会有事的，你别担心嘛。"

"医生说的情况你也听到了，你怀孩子这么危险，妈怎能不担心啊，"母亲神情忧虑地轻声叹了一口气，坐在椅子上低着头难过地说，"你要是有个什么意外，那可怎么办……"

看到母亲为我担忧得仿佛心都碎了，我感到心里有一种揪心的痛，眼泪瞬间涌上眼眶模糊了视线。我不忍心看到母亲这么为我担心，难过地微微张了张闭着的口，心里很想说些什么安慰她，可又不知道说什么才能让她放心。我知道母亲很害怕会失去我，也知道我说什么都不能让她放心，除非我决定不要腹中的孩子，向她保证我的生命没有任何危险，可我无法作出这样的保证，更无法作出不要孩子的决定。

我难过地抿着唇转过眼望着小温，很想看到他给我一个鼓励的眼神，很想听到他说一句支持我的话，可他依然神情忧虑地看着我，语气坚定地又劝我："孩子是很重要，可你的生命安全更重要，我不能没有你。"

听了小温的话，我眼泪汪汪地不知道该说什么，只感到心里沉甸甸的很难受，仿佛我随时都会和他生死永别，心里很想为他和母亲平安地活着。我该怎么办？我该怎么办？难道我真的不能要这个孩子吗？我噙着眼泪心痛地低下头望着腹部，想到医生说我可能只能怀一次孕，不舍地又想：不，我不能不要他（她），我要是放弃了，以后可能再也没有孩子了……我难过地抬起手抚摸着腹部，心里有千万个不想失去腹中的孩子，就像小温和母亲不想失去我一样。

我不知道该对小温和母亲说什么，流着泪难过地说："要是没有孩子，我活着也没有意思。"

母亲见我流着泪有些绝望的样子，心疼地急忙安慰我："玲玲，别哭啊，妈只是担心你，你……想要孩子就要吧！"

小温把我紧紧地抱在怀里，一边用手给我擦着脸上的眼泪，一边妥协似的对我说："别哭，这样对孩子不好。"

我抬起模糊的泪眼望着小温和母亲，听到他们这么说，感觉到他们都同意了我要孩子，心里仿佛得到了安慰和支撑，抿着唇高兴地流着泪笑了……

他其实很在乎孩子

第二天早上，窗外下着淅淅沥沥的小雨。

我躺在床上慢慢睁开眼醒来，感觉精神好了很多。我偏过头望着站在写字台边的小温，轻声对他说："抱我起来吧。"

小温慢慢走过来坐在床边看着我，他没有像往常那样立刻伸手来抱我，而是关心地对我说："还不到八点钟，多睡一会儿吧。"

"不想睡了，"我抬起手掀开身上盖着的被子，轻声说，"小絮让我帮她折的风铃还没有折好，她过两天要来拿。"

小温伸手拉着被子又给我盖在身上，提醒似的说："你怎么

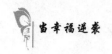

就不想想我们的宝贝呢？他（她）也需要你多躺着休息。"

听到他这么说，我顿时明白了他为什么不抱我起床——他是为了让我多躺着休息，是为了保护我肚子里的孩子。我望着坐在身边的小温，从他饱含关爱的眼神里感觉到，他其实非常在乎我腹中的孩子，一下子更加明白了——他昨晚说不要孩子，其实不是他真舍得放弃，心里更加坚信自己的坚持是对的。我望着他微笑了一下，知错似的说："放心吧，我会注意的。"

"我看你一点儿也不注意。"小温捧着我的手不放心地说了一句，语气里透露出一种担忧，似乎还在担心我的生命安危。

我见他有些担忧的样子，怕他又会劝我不要孩子，急忙转开话题说："我有点儿饿了。"

小温听到我这么说，以为我真的饿了，关心地急忙问我："想吃什么？我去给你做。"

"嗯……"我一时想不出吃什么，也不想辛苦他去做什么，随口说，"昨天妈炖了鸡汤，你去热一点儿吧。"

"好的，那你躺着，我这就去热汤。"小温说着放下我的手，站起身朝厨房走去。

我望着他从门口走出去的身影，感觉到他明显地比平常更关心我，虽然他平常听到我饿了也会主动去给我做吃的，但不会像现在这样迅速，生怕我多饿一分钟，心里清楚地意识到——他这么做并不仅仅只是怕我饿着了，他更怕我腹中的孩子饿着了。我抿着唇幸福地笑了笑，转过眼垂下睫毛望着身上盖的被子，轻轻抬起右手抚摸着腹部，仿佛是在抚摸着腹中的孩子，想到小温这么在乎他（她），心里更加坚定要为他生下这个孩子。

过了一会儿，小温热好鸡汤，从厨房走过来轻言细语地对我说："汤热好了，起来喝吧。"

"嗯，抱我起来吧！"我微笑着对他点了点头。

小温站在床边弯下腰伸出手来抱我，他用右手揽着我的背，左手搂着我双腿的脚腕，慢慢地把我抱起来坐在床边，然后又转身去拿旁边放着的衣服。他拿着衣服轻轻地披在我背上，没有像往常那样动作迅速地给我穿，他左手拿着衣服的一只衣袖，右手扶着我的一只手，动作缓慢地把我的手穿进衣袖里，然后又慢慢地给我穿另一只衣袖，仿佛我是一个容易碎的玻璃人，生怕稍不小心就会碰坏我一样。

我目不转睛地望着站在面前的他，看到他小心翼翼给我穿衣服的样子，心里很明白他这么耐心地照顾我，是因为他真的很在乎我腹中的孩子，虽然我怀孕前他也很耐心地照顾我，但不会像现在这样表现得这么小心。我闭着口望着他蹲下身给我穿拖鞋，心里忽然涌起一种沉甸甸的感觉——我知道他其实很想要一个孩子，也很想平安地为他生下这个孩子，可又怕自己真的会发生什么意外，最后让他换来失去我和孩子的悲伤。我抿着唇双眼发热地望着他，感觉沉甸甸的心里有很多话想说，可又一个字也说不出来。

"好了，出去喝汤吧。"小温蹲在面前给我穿好拖鞋，站起身来抱我。

我目光躲闪地眨了眨湿热的眼睛，怕他看出我心里想的事情，急忙微笑着假装没事似的点了点头："嗯！"

小温似乎并没有觉察到我想的事情，他双手抱起我走到旁边的轮椅边，轻轻地把我放在轮椅上，然后慢慢地推着我到客厅去喝汤。

其实不想让他走

吃过晚饭，我坐在窗前静静地想着一些事情……

小温拿着几件晾干的衣服走进来，轻言细语地对我说："你喜欢看的电视剧开始演了，出去看吧。"

我转过头望着站在床边放衣服的他，轻声说："不想看，你陪我坐一会儿吧。"

我看到他放在床上准备带走的衣服，想到他明天一早又要去远方上班，心里一点儿也不想去看电视，只想让他在身边陪着我。我不知道他这一走，又要多长时间才会回来，只知道他在工地上班没有固定假期，我只能一个人承受怀孩子的艰辛，承受随时可能发生的意外和危险，心里充满了不舍和担忧。

"冷不冷？"小温放下准备叠的衣服，走过来把我拥在怀里，关心地问。

"不冷。"我偏着头靠在他胸前，轻轻地摇了摇头。

小温似乎并没有注意到我的心事，他抬起眼看了看未拉严的窗帘，慢慢站直腰一边伸手去拉，一边又说："我去装几件要带走的衣服。"

我张开口正想叫他多陪我坐一会儿，见他转身走到床边拿起一件衣服叠，又闭上口把想说的话咽了回去。看到他忙着收拾明天要带走的东西，我悄悄地在心里想：不让他知道我心里的忧虑也好，这样他就不会有太多思想负担，就能放心去远方工作……我缓缓垂下睫毛望着地面，抿着唇轻轻深呼吸了一下，决定把担忧和不舍都藏在心里，一个字都不对他说。

"我装衣服的包呢？"小温在床上找了找装衣服的布包，没有找到，就站起身走到外面去找。

我抬起眼偏着头在屋里四处看了看，也没有看到他装衣服的那个布包，不知道他放到哪儿去了。我看到床上还有几件没有叠的衣服，想过去帮他叠好，就推着轮椅慢慢地走到床边，弯着腰伸手把那几件衣服拿到床边，双手拿着一件衣服慢慢地叠着。

过了一会儿，小温找到布包从外面走进来，看见我正弯着腰伸手够床上的衣服，急忙开口对我说："你别动，快放下！"

"没事，叠衣服又不费力。"我把衣服放在腿上一边叠，一边说。

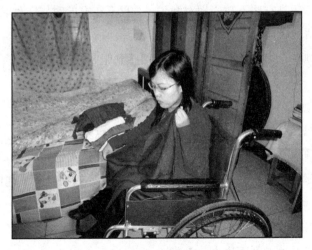

我帮爱人叠衣服

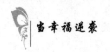

"你快放下，我来叠。"小温走过来夺下我手里的衣服，把我推到离床一米多远的写字台边，然后又走到床边去叠衣服。

我望着站在床边叠衣服的小温，知道他不让我做这些事情是担心我，怕我不小心动到了腹中的孩子。我张开口正想说什么，这时他不放心地又说："我走了最不放心的就是你，你现在怀着孩子和以前不一样了，做什么事情都要小心一些。"

听到他这么说，我心里顿时涌起一种很温暖的感觉，很想让他时刻都在身边保护我。我抿着唇满眼不舍地望着他，看到他脸上有些担忧的神情，听到他放心不下的语气，感觉到他其实也不想离开我。见他很不放心的样子，我不想让他带着对我的担心去上班，连忙用微笑掩饰着心里的不舍，故作轻松地对他说："放心吧，我会照顾好自己，也会保护好我们的宝贝。"

小温叠好手里的衣服放在床上，又走过来弯下腰把我拥在怀里，还是有些不放心地对我说："我不在家的时候，你要做什么事情，就叫妈帮你做吧。"

"嗯。"我不舍地望着他，忽然感到眼睛有些发热。

"有什么事，就给我打电话。"他不放心地又说。

"嗯。"我抿着唇轻轻点了点头。

"想吃什么就让妈去买，一定要多吃点东西……"

"哎呀，知道了，真啰嗦，"我坐端斜靠着他的身体，怕他从我湿热的眼里看出我的不舍，故意不想听似的打断了他的话，"快去收拾东西吧。"

"嫌我啰嗦呀？我走了你就清净了。"小温看着我笑了笑，然后转过身走到床边去装衣服。

我目不转睛地望着他收拾行李，心里很想告诉他，我不是真的嫌他啰嗦，我是怕自己会越听越舍不得让他走，我也不想让他去远方上班，我想让他留在家里陪着我，可我不能这样对他说，也不能让他留在家里照顾我，因为我们的经济不宽裕，需要他去工作挣钱养家，我不得不把心里的不舍隐藏起来。我抿着唇眨了眨湿热的眼睛，缓缓垂下睫毛望着地上的某一处，什么都没有对他说……

第十四章

家人的悉心照顾

无微不至的母爱

下午，我躺在床上望着窗外的蓝天，忽然听到墙上的挂钟又敲响了，于是偏过头抬起眼看了看钟表，刚好四点整。

窗外的厨房门口传来"咔嚓、咔嚓"地劈柴声，是母亲在劈柴生火给我热鸡汤。这些天我每顿都吃不下多少东西，母亲为了给我多补充一些营养，就每隔几个小时又热一些汤给我喝。我静静地听着窗外的劈柴声，想到母亲刚锄完地回来没顾上歇息，就忙着劈柴生火给我热汤，心里不禁涌起一种感激，还有一种帮不上什么忙的内疚。

过了一会儿，母亲端着一碗冒着热气的鸡汤进来，关心地对我说："玲玲，妈把汤热好了，起来喝吧。"

我望着站在床边的母亲，还是有些不想吃东西，轻声说："妈，我不想喝。"

"你不多吃点儿东西怎么行，"母亲端着碗在床边坐下，轻言细语地说，"为了孩子长得好，喝一点儿吧！"

我望着满眼关爱的母亲，想到她在厨房辛苦地劈柴生火，就是为了给我热这碗鸡汤，忽然意识到自己不该说不想喝，因为她也是为了我和孩子好，我就算为了她的这份苦心，也应该把汤喝了。我感激地对母亲微笑了一下，轻轻点了点头说："好吧，扶我起来喝。"

母亲面带微笑一边把我扶起来坐着，一边把碗端到嘴边喂

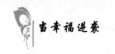

我："多喝点儿啊，你的身体好，孩子才会长得好。"

我伸手接过母亲手里端着的碗，无意间看到她的右手背上有个水泡，关心地问："妈，你的手怎么了？"

"哦，没事，"母亲缩回手看了看那个红红的水泡，若无其事地说，"刚刚热汤不小心烫的。"

我听到母亲说是热汤烫的，心里顿时感到很过意不去。我抬起右手轻轻地抚摸母亲的手背，刚碰到水泡周围那块发红的皮肤，母亲疼得"咝"的一声缩回了手，可她却没事似的笑着说："不痛了，快喝吧！"

我热泪盈眶地看着母亲的手背，心里很想对她说些什么，可发哽的喉咙却说不出来一句话。我不想让母亲看到我眼里的泪水，慌忙低下头闭上湿热的双眼，双手捧着碗慢慢地喝着汤……

第二天早上，母亲伺候我漱洗完，轻声问我："妈煮了你喜欢吃的红薯粥，你想这会儿吃，还是过一会儿再吃？"

我本来想过一会儿再吃，可想到过一会儿粥就凉了，那样又得麻烦母亲去生火热粥，就说："现在吃吧。"

"那我去给你端来。"母亲说完，转身朝厨房走去。

我望着母亲走出去的背影，想到她一早就起床为我煮红薯粥，心里充满了温暖和感激。我知道，母亲特意起早给我煮红薯粥，是因为她知道我平常很喜欢吃，为了让我多吃一些东西，只要是我喜欢吃的，她都会不怕辛苦地给我做。

过了一会儿，母亲端着一碗冒着热气的粥进来，微笑着走到面前递给我，轻言细语地对我说："不烫了，快吃吧！"

我伸手接过母亲手里的碗，随口问了一句："妈，你还没吃吧？"

"你先吃，我一会儿再吃。"母亲说着，转身走到门口拿起扫帚扫地。

　　我望着在门口弯着腰扫地的母亲，想到她一早起床就忙个不停，很担心她没有吃早饭会饿坏身体。我望着母亲轻轻张了张口，想叫她吃了饭再去扫地，又怕她不肯，悄悄地想了想，把手里的碗放在面前的写字台上，故意吃不下似地对她说："妈，我一个人不想吃，你陪我一起吃吧。"

　　母亲转过身见我放下碗一口也没吃，以为我是真的不想吃，就放下扫帚妥协似的对我说："好吧。"

　　母亲去厨房端来一碗粥，坐在旁边陪着我一起吃。我嚼着嘴里的粥一边神秘地笑了笑，一边拿着筷子在碗里慢慢地搅和，无意间搅到一个什么东西，我以为是红薯，用筷子夹起来一看，竟然是一个又白又大的鸡蛋！我意外地盯着鸡蛋愣了片刻，偏过头往母亲的碗里看去，看到她的碗里只有粥和红薯，没有鸡蛋，顿时明白了这是母亲特意为我煮的，也明白了母亲刚才为什么让我先吃——她是不想让我看到她没有吃鸡蛋，心里一下子变得沉甸甸的。

　　我抬起眼望着正在咬红薯吃的母亲，想到她把什么好吃的都给了我，眼眶里迅速升起一层热雾，模糊了她在我视线中的身影。

用"抬"的方式抱我

　　中午，我坐在窗前织毛衣，感到两侧肋骨被胎儿撑得越来越痛，就像要断裂了一样，于是放下手里的棒针和毛线，叫了

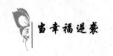

一声在院子里择菜的母亲："妈，我想到床上去躺一会儿。"

"好的，马上就来。"

母亲在外面一边回答我，一边放下手里正在择的菜，快步走进卧室来抱我。她站在身边弯下腰伸出手正想抱我，忽然想起什么似的说："你等一下，我去叫娟一起来抱你。"

听到母亲这么说，我顿时明白了她为什么不抱我——医生跟她说过，我腹中的胎儿越长越大了，抱我时最好不要一个人抱，不然腹部太弯会压到胎儿。为了避免压到胎儿，母亲每次抱我时只要家里还有其他人，她都会叫来一起抱我。与其说是抱我，不如说是"抬"我，因为抱我时需要母亲搂着我上半身，另一个人搂着我下半身，用这种"抬"的方式抱我。我听到母亲走到外面叫妹妹的声音，想到为了抱我到床上躺着，不仅耽误了她择菜做饭，还要耽误妹妹洗衣服，心里很不想这样麻烦她们，很想多坚持坐一会儿，可我的肋骨又痛得很难受，只能到床上躺着才会好一些。

"姐，我和妈抬你到沙发上躺着看电视吧。"妹妹跟着母亲从门外走进来，体贴地对我说。

我望着面前的妹妹，知道她是怕我躺在床上无聊，想让我看电视打发时间，心里顿时涌起一种温暖和感激。我转过眼往卧室门外的客厅看了看，心里有些想出去，可又不想太麻烦她和母亲"抬"我，故意不想去地说："不了，我想在床上躺着。"

"你姐不想看电视，就让她在床上躺着吧。"母亲以为我真的不想看电视，接过我的话对妹妹说。

妹妹站在面前弯下腰，伸出双手搂着我的两只脚腕，动作轻缓地慢慢抬起来抱在腹前，准备和母亲一起把我抬到床上去。

母亲站在身后双手围抱着我上半身，配合着妹妹的动作，和她一起把我从轮椅上"抬"起来，慢慢地往一米多远的床边走去……

我被母亲和妹妹一前一后地"抬"着，腰腹稍弯地悬在离地面不高的半空，感觉就像是躺在吊床里一样。不知是怀孕五个多月的我太重了，还是这样"抬"着我不好走，妹妹弯着腰抱着我的双腿，一小步、一小步地往右面的床边走，脚步明显比平时走路慢了很多。我望着在面前抬着我慢慢走的妹妹，看到她弯着腰很费力的样子，心里很不想让她这么费力地抬我，可又不知道该对她说什么才好。我若有所思地抿着唇垂下眼睫毛，望着母亲紧紧围抱在我胸前的双手，看到她粗糙的手背上鼓着几根粗筋，感觉到她这样"抬"着我走也很费力，心里不禁涌起一种沉甸甸的感觉。

"姐，这样'抬'着是不是感觉像坐摇篮一样？"妹妹抬着我一边慢慢地走，一边嬉笑着问我。

我抬起眼望着面前的妹妹，知道她是在和我开玩笑，正想张开口说什么，这时母亲接过妹妹的话，有些好笑地说："你姐小时候没有坐过摇篮，现在长大了重新坐。"

"呵呵……"

妹妹和母亲一边"抬"着我慢慢地走，一边随意地说笑着，她们似乎并不觉得这样"抬"我很累，脸上也没有丝毫不耐烦的神情。

我看到母亲和妹妹轻松地说笑着，心里却没有一丝轻松的感觉，只有满心的感动和感激，一时不知该对她们说些什么才好。我感激地望着妹妹，心底瞬间涌起一股热乎乎的东西，迅速升到眼眶模糊了我的视线，我抿着唇眨了眨闪着泪光的眼睛，

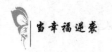

怕妹妹看到我眼里的泪水，慌忙偏过头望着旁边的床，装作若无其事的样子。

"你先躺着吧，等会吃饭的时候再抱你起来。"母亲和妹妹抬着我走到床边，轻轻地把我放在床上平躺着，她给我盖好毛毯后，就和妹妹忙着出去做事了。

我偏着头望着母亲和妹妹走出门后，转过头来望着天花板，感觉这样躺着舒服多了，肋骨没有那种被撑得很痛的感觉，可心里却沉甸甸的。我抬起手轻轻抚摸着凸起的腹部，想到母亲和妹妹为了照顾怀孕的我，每天都不嫌麻烦地为我做这做那，双眼不禁又一阵发热，忍不住流下两行感激而又内疚的泪……

我和母亲、妹妹

妹妹停学照顾我

窗外的雨还在淅淅沥沥地下着，雨水从暗沉的天空中落下来，就像一张无边的网，网住了外面的整个世界。

母亲一动不动地坐在窗前，许久都没有开口说话，只是眼神忧郁地望着远方……"唉！"她沉默许久后，轻声叹了一口气，缓缓低下头望着缠满纱布的右手，目不转睛地盯着手背看了看，又慢慢地把手心翻过来看了看，似乎想透过裹了一层又一层的纱布，看看裹在里面的手好一些没有。母亲轻轻动了一下露在外面的食指，顿时痛得皱紧眉头发出"咝——"的一声，急忙停止这个让她疼痛难忍的动作，忧郁地又叹了一口气……

前几天，母亲下地种红薯，双手都被粪毒感染了，尤其是右手，皮肤都溃烂化脓了，到医院输了几天液，吃了几天药，还是没有好转。

我躺在床上望着旁边的母亲，看到她很疼的样子，很想说些什么安慰她，可又不知该说什么才好，心里充满了担忧和难过。我抿着唇眨了眨望着母亲的眼睛，转过头望向卧室门外的客厅，看到妹妹扫完地放下扫帚，又拿着围裙系在腰上去厨房做饭，想到她一早起来就忙这忙那，心里很不忍心让她这么累，很想站起来走出去帮她一起做事，可我站不起来，也走不出去，只能躺在床上眼睁睁地看着她忙，只能在心里心疼她。

这时，墙上的挂钟又发出"铛——铛——铛——"的响声。

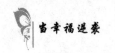

　　我偏过头抬起眼看了看钟表，刚好 11 点整。我若有所思地望着钟面上的时针，想到往常的这个时候，妹妹正在学校的教室里上课，而现在她却在厨房忙着做饭，心里不禁涌起一种深深的内疚——妹妹是为了照顾我才停学的，她见母亲的手伤这么严重，家里又没有人照顾我，所以放弃了升学考试，一个人承担起了全部的家务活，承担起了照顾我和母亲的重任。我抿着唇眨了眨湿热的双眼，轻轻垂下睫毛望着地面，想到妹妹为了照顾我而停学，感觉自己太亏欠她了，心里就像压着一块沉甸甸的石头，难过得忍不住悄悄流下两行热泪。

　　过了一会儿，妹妹双手端着一碗汤从厨房走过来，面带微笑对我说："姐，我煮了番茄肉片汤，你起来先吃吧。"

　　"我不饿，你和妈先吃。"我望着端着汤站在床边的妹妹，想到她忙了半天，可能也饿了，就让她和母亲先去吃。

　　这时，母亲走过来接过我的话，轻声对我说："让娟扶你起来先吃吧，你怀着孩子不能饿着了，我们等你吃了再去吃。"

　　我张开口正想又叫母亲和妹妹去吃，这时妹妹放下手里端着的一碗汤，弯下腰一边伸手扶我起来坐着，一边微笑着对我说："姐，你先吃吧，别饿坏了肚子里的宝宝。"

　　我见母亲和妹妹执意让我先吃，知道她们更担心我和孩子饿着了，也知道只有我先吃饱了，她们才会安心去吃饭，就闭上口把想说的话咽了回去。

　　妹妹双手抱着我的背和肩，慢慢地把我扶起来坐着，然后拿两个枕头塞在我背后，轻轻地把我放在柔软的枕头上靠着。母亲站在旁边看着妹妹扶我，她几次抬起右手想帮忙一起扶，可缠满纱布的右手又扶不动，就指挥似的提醒着妹妹："慢点……小心点……把枕头塞好……"其实母亲知道妹妹能照顾好我，可她还是要这么"指挥"，似乎这样能让她放心一些。

妹妹服侍我靠着枕头坐好后，转过身把床头柜上的汤端到我面前，一边用右手拿勺子舀汤喂我，一边对我说："你尝尝咸淡合不合适，要是淡了，我再放一点盐。"

我低下头喝了一口勺子里的汤，抬起眼望着妹妹感激地说："合适了，味道很好。"

"那就多吃一点儿吧！"妹妹说着，又舀起一勺汤喂我。

"我自己吃吧。"我伸手接过妹妹手里的勺子，低下头在碗里舀着汤喝，就像有些饿了的样子。

其实我不是真的饿了，我只是不敢用发热的眼睛看妹妹，也不知道该对她说什么才好，只觉得有一股暖流从心底涌起，就像面前这碗汤冒出来的热气一样，在我的眼帘中形成一层热雾，渐渐模糊了我的视线。我低着头热泪盈眶地望着碗里的汤，右手拿着勺子慢慢地舀着汤喝。

妹妹耐心为我擦身

晚上，屋里很闷热，敞开着的窗户没有一丝风吹进来。

我躺在床上偏着头望着窗外的夜空，心里很想到院子里去透透气，自从母亲的手被粪毒感染了，我每天都"囚禁"在这张床上，因为妹妹一个人抱不动我，我没有办法到外面去。

窗外的院子里传来哗哗的流水声，是妹妹在外面洗衣服。

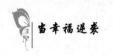

我静静地听着清晰的流水声，想到这么晚了，妹妹还在忙着洗衣服，心里很想从床上爬起来，走出去帮她一起洗，可我爬不起来，也走不出去，只能偏着头望着窗外的院子，只能默默地陪着妹妹一起洗衣服……

过了一会儿，妹妹洗完衣服，双手端着一盆热水走进屋来，轻声对我说："姐，我给你擦擦汗吧。"

我望着额头上渗着汗的妹妹，想到她刚洗完衣服一定很累了，心疼地对她说："你先坐下歇一会儿吧。"

妹妹端着水盆站在床边弯下身，轻轻地把盆子放在地上，一边伸手去拧水里泡着的毛巾，一边轻言细语地对我说："我不累，我先给你擦擦汗，擦了汗睡觉舒服一些。"

我望着弯着腰在床边拧毛巾的妹妹，知道她想先给我擦干净汗热的身体，想让我先舒服地睡觉，心里不禁涌起一种温暖和感动，一下子竟不知该说什么，只感觉双眼一阵发热。我垂下睫毛望着妹妹拧毛巾的双手，看见浸满水的毛巾在她用力挤压下，就像下雨似的流下许多条水线，落在地上装着水的脸盆里，发出"滴滴答答"的流水声，心里很想到水里去泡着，很想在水里舒舒服服地洗个澡——自从母亲的手受伤后，我连续半个多月都没有洗过澡了，因为妹妹一个人抱不动我，她没有办法给我洗澡，只能每晚都用温水给我擦身体。

"姐，水温合不合适？"妹妹站起身把湿毛巾贴在我脸上，怕我感觉烫似的轻声问，"要不要再加点儿凉水？"

我望着站在床边的妹妹，感觉贴在脸上的毛巾不冷也不烫，轻声对她说："就这样合适了，不用加凉水了。"

妹妹听了我的话，拿着毛巾动作轻柔地给我擦着脸，她弯着腰注视着我的脸颊，目光随着毛巾在我脸上缓缓移动着，就像是在擦一样珍贵的东西，神情那么认真而又小心。妹妹慢慢地给我擦完脸颊，又把毛巾移到我的脖子上，她正准备动手给我擦汗热的脖子，忽然发现什么似的拿开毛巾，用左手轻轻捋开我脖子上的几丝头发，然后又用右手拿着毛巾轻轻地擦，似乎生怕擦着我的头发把我弄疼了。

我若有所思地望着面前的妹妹，看到她这么耐心地给我擦身体，想到自己身为姐姐，本该替她多做一些事情，可我不但什么也帮她做不了，反而让她辛苦地照顾我，心里充满了愧疚和感激。我抿着唇轻轻地深呼吸了一下，正想张开口对妹妹说什么，这时她蹲下身把毛巾放在水盆里一边搓，一边对我说："等妈的手好了，我和妈再抱你去洗澡。"

听到妹妹这么说，我一下子又想到了母亲，想到了她那双久治不愈的手，默默地在心里想：妈的手什么时候才会好呢？要是她的手好了，妹妹就不用一个人做这么多事了，就可以轻松一些了……我扬起睫毛转过眼望着天花板，沉默不语地想着这些，心里很希望母亲的手能快点好，这样她就可以帮妹妹一起做家务了，也可以照顾我了。

"姐，在想什么呢？这么入神。"妹妹拧干毛巾又站起来，在床边弯着腰一边给我擦肚子，一边疑惑地问我。

"哦，没想什么，"我回过神转过眼望着妹妹，不想让她知道我心里的忧虑，随意转开话题说，"轻点儿擦肚子。"

"我知道，你放心吧，不会伤到宝宝的。"妹妹笑了笑，拿着湿毛巾轻轻地给我擦着肚子。

我望着弯着腰给我擦身体的妹妹，忽然意识到不该这么对她说——这么说就像我在提醒她似的，其实她已经很小心地擦得很轻了。我微微张开口想对妹妹解释什么，可又不知道该怎

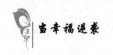

么说，只是感激而又歉疚地微笑了一下，然后又转过眼静静地望着天花板，什么都没有说。

望着妹妹热泪盈眶

夜色越来越浓了，大雨还在不停地下着，风也还在一阵阵地吹着……

我坐在床上斜靠着枕头看书，妹妹端着一杯牛奶走到床边，轻言细语地对我说："姐，牛奶热好了，快喝吧。"

我抬起眼望着那杯冒着热气的牛奶，有些不想喝地说："放在床头柜上吧，我一会儿再喝。"

"一会儿凉了，快趁热喝吧！"妹妹说着，把装着牛奶的玻璃杯递到我手里，然后转过身走到对面的窗前，伸手去拉被风吹得乱飘动的窗帘。

我垂下睫毛看了看手里端着的牛奶，又抬起眼看了看站在窗前的妹妹，听到外面那"哗啦哗啦"的雨声，不禁想起下午她出去买牛奶时的情景：大雨铺天盖地地下着，妹妹看到时钟已经五点整了，就撑着雨伞大步地跑出了家门，直往一千多米远的牛奶场奔去。等她回来的时候，全身都被雨淋湿透了，还因摔倒而粘了一身的污泥，她却拿着一瓶完好无损的鲜奶笑了……

我想着想着，鼻子不禁一阵发酸，眼眶一阵发热，心里充满了对妹妹的感激。妹妹为了给我买到现挤的新鲜牛奶，每天下午五点钟都会准时去牛奶场，不论烈日炎炎的晴天，还是风雨交加的雨天，她连续两个多月都坚持做这件事情，一天也没有间断过。

"姐，快喝吧。"妹妹拉严窗帘又转身走过来，一边用手捋着还没干的头发，一边弯下腰慢慢在床边坐下，似乎是在等我喝牛奶，又似乎是有些累了。

"嗯，我这就喝。"我眨了眨有些湿热的眼睛，不想让妹妹看见我眼里的泪水，急忙放下手里的书，低下头捧着杯子喝了一口牛奶。

浓浓的奶腥味瞬间在我嘴里扩散开，使我忍不住打了一个干呕，我皱着眉头强咽下嘴里的牛奶，随手把杯子放在腿边的书上，心里一口也不想喝了，可又想到这是妹妹冒着雨去买的，她也是为了我和腹中的孩子好，于是又慢慢地把杯子端到嘴边，闭上眼一口又一口地喝着牛奶。

第二天晚上，我躺在床上迷迷糊糊地睁开眼醒来，看见妹妹还坐在写字台边的台灯下，拿着自编管专心致志地折幸运星，轻声对她说："娟，这么晚了，你怎么还没睡？"

"我睡不着，"妹妹一边折着手里的幸运星，一边回答我，"我想再折一会儿。"

我用手捂着口打了一个哈欠，转过头顺眼看了看墙上的挂钟，快 11 点了，又

姐妹情深

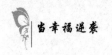

轻声催促她："别折了，快去睡觉吧。"

"嗯，我一会儿就去睡。"妹妹说着，把刚折好的一颗幸运星放进瓶子里，然后又拿起另一根自编管折着，似乎根本没有要去睡觉的意思。

我躺在床上看她折了一会儿幸运星，随意转过眼看了看她面前的玻璃瓶，发现瓶子里装的幸运星又多了许多，由原来的半瓶增加到了大半瓶。那一颗颗大小差不多的幸运星，全是用不同颜色的夜光自编管折的，在橘黄色的灯光下显得十分好看。我望着瓶子里那些彩色幸运星，忽然想起自己以前折这个东西时，把手指折得又痛又红，这些看似不难折的幸运星，其实很不好折。

我转过眼望着妹妹折幸运星的手，看见她双手的食指果然也变得很红，心里想她一定也折得很疼，可她却专心致志地折了一颗又一颗，似乎一点儿也不觉得疼。我不知道妹妹最近为什么爱折这个，也不知道她折这么多干什么，心疼而又疑惑地问她："娟，你折这么多幸运星做什么呢？"

妹妹低着头一边认真地折幸运星，一边脱口回答我："我听同学说，折幸运星能保佑平安，我想折999颗送给你，保佑你生孩子的时候平平安安的。"

听了妹妹的话，我顿时感到鼻子发酸，眼眶发热，心里的疑惑瞬间变成了感动，一下子明白了她为什么要折幸运星，明白了那些幸运星代表的是什么。我热泪盈眶地望着写字台边的妹妹，感觉沉甸甸的心里有很多话，可发哽的喉咙却说不出来一个字，只有盈眶的热泪顺着眼角滑落下来……

第十五章

艰难的妊娠期

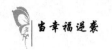

想喝水，如此难

下午，阳光透过纱窗斜斜地照射进房间，在地上投下几束金色的光线。

我坐在窗前焦急地望着对面的小路，口渴得心慌，很想母亲快点回来给我倒水喝，可那条小路上许久都没有人影出现。"唉!"我微微张开干渴的口叹了一口气，转过眼望着写字台上的一个空水杯，决定自己推着轮椅到客厅去喝水。

我垂下双臂推着轮椅慢慢转过身，望着前面通往客厅的卧室门口，抿着唇深吸一口气鼓足劲，双手抓紧轮椅两侧的手推圈，用力推着轮椅慢慢地往客厅走去……

金色的阳光从窗外斜射进来，通过窗棂被分割成几束光线，就像舞台上的聚光灯一样，在身后照射着我，把我的影子投射在光滑的地面上。一圈、两圈、三圈……轮椅两侧的轮子在我用力地推动下，一圈一圈地慢慢往前移动着，我的双手随之变得越来越软，软得每推动一下轮椅，都得咬紧嘴唇使尽全身力气。不知是我的体质没有怀孕前好，还是腹中的胎儿越长越大了，我感到身体比以前笨重了很多，推轮椅也比以前费力了很多。

我咬着唇费力地推着轮椅走到门口，眼看离客厅放水的地方还差两米多，我的手却软得没有力气推动轮椅了。"呼——呼——"我累得松开抓着轮椅外圈的双手，喘着粗气停下来靠着轮椅后背歇息。

　　不知是因为推轮椅太费力了，还是因为口渴得心慌，我突然感到心脏怦怦地加速在跳，头也有些眩晕，这种心慌头晕的感觉让我意识到——我快要从轮椅上摔倒了。放松！放松！我闭上眼睛偏着头斜靠在轮椅上，双手紧紧地抓住轮椅扶手，一边做着深呼吸缓解症状，一边在心里对自己说："家里没有人，我不能摔倒，不能出事……"我一动不动地斜靠着轮椅，生怕摔到地上会摔伤腹中的孩子。

　　房间里静悄悄的，周围的一切都静止不动，只有墙上的钟摆不慌不忙地摆动着，不停地发出嘀嗒嘀嗒的声音，仿佛是在安慰无助的我，又仿佛是在给我喝水的过程计时，看我到底需要多少时间才能喝到水。

　　我静静地斜靠着轮椅休息了一会儿，感觉心跳没有那么快了，头也不晕了，这才慢慢扬起睫毛睁开眼，微微张开口舒了一口气。"宝贝，你没事吧？"我缓缓低下头望着凸起的腹部，慢慢抬起有些软的右手，放在腹上轻轻地抚摸着，生怕刚才出现的症状影响了孩子。这时，腹中的孩子突然用力动了一下，我连忙把手移到胎动的位置，担心地在心里说："宝贝，妈妈吓到你了吗？还是你想告诉妈妈你没事？"我抚摸着胎儿扭动的位置，抿了抿干得有些脱皮的嘴唇，又想：孩子是不是也渴得难受了，在等着我去喝水？我猜想着孩子动的原因，很担心孩子在腹中渴着了，于是慢慢坐端靠着轮椅的身体，用力推着轮椅慢慢地又往客厅走……

　　我咬紧嘴唇双手抓紧轮椅的外圈，用力一点一点地转动着轮椅轮子，不时地抬起眼望着客厅右面的桌子，看到桌子上那个装着水的玻璃杯，默默地在心里鼓励自己快点走过去，快点

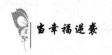

喝到那杯离我越来越近的水。可我的双手却没有多少力推动轮椅，我只能焦急地看看桌子上那杯水，又无奈地看看地面上的距离，慢慢地推着轮椅一点一点地往前移……

我推着轮椅慢慢地来到桌子边，松开紧抓着轮椅两侧外圈的双手，停下来靠在轮椅后背上喘着粗气，一边低下头望着凸起的腹部，一边在心里对孩子说："宝贝，别急啊，妈妈马上就能喝到水了。"我抿了抿有些干裂的嘴唇，抬起眼望着桌子上装满水的玻璃杯，很想伸手去端，可我的手就像灌了铅一样，软得根本没有力气抬起来。"唉！"我望着玻璃杯无奈地叹了一口气，静静地坐在轮椅上休息了一会儿，等手恢复了一点力气，才慢慢抬起来伸到桌子上，端起那杯水大口大口地喝着。

坚持在床上平躺着

下午，妹妹陪母亲到医院换药去了，家里只剩下我一个人。

我平躺在床上偏着头捧着一本书看，感觉歪着的脖子越来越酸疼，就放下手里的书，想偏过头换一个姿势躺着。"哟——"我轻轻地扭动了一下脖子，顿时感到颈椎骨一阵钻心地痛，仿佛脖子被定了型，一点儿也不能动，疼得我急忙停下想偏过头的动作，不敢再扭动一下。

我歪着头望着面前的墙壁，一动不动地沉默了片刻，感觉歪着的脖子即使不动也很痛，心里想：不行，这样躺着不动也不是办法。我抿着唇眨了眨望着墙壁的眼睛，心里还是很想偏过头换一个姿势，于是又试着轻轻地扭动了一下脖子，颈椎骨顿时又一阵钻心地痛，痛得我咬着唇又发出"哟！"的一声。我皱着眉头一动不动地停息了片刻，咬紧嘴唇深吸一口气鼓着劲，忍着痛又用力慢慢地把头往左边偏，动作明显比平时偏动头慢了很多，也费力了很多。

　　我慢慢地把头往左面偏了过来，感觉这样躺着舒服多了，脖子换了一个姿势也没那么疼了。我抬起眼望着对面敞开的窗户，看见外面的天空遮满了厚密的云层，太阳闷在云层里泛出暖烘烘的黄光，就像蒸气一样蒸烤着大地，心里想：看样子，又要下雨了，不知道妈和妹妹出门时有没有带伞……我不安地望着预示着雷阵雨的天空，心里很担心母亲和妹妹，不知道她们什么时候才回来。

　　房间里很寂静，也很闷热，敞开着的窗口没有一丝风吹进来，热得仿佛空气也凝固不流通了。只有墙上的钟摆在不慌不忙地摆动，有节奏地发出滴答滴答的声音，在这间寂静的屋里清晰地响着。

　　不知是房间里太闷热了，还是我在床上平躺得时间太长了，我感觉紧贴着凉席的后背滚烫烫的，而且后背的衣服也被汗水浸透了，整个后背又热又湿，很不舒服。我抬起右手擦了擦有些汗湿的脖子，转过头扬起眼睫毛望着天花板，心里很想起来坐一会儿，很想让湿热的后背透透气，可家人都出去了，没有人把我抱起来，我一个人无法从床上爬起来坐着，只能像贴着蒸笼一样躺在床上。

　　我无奈地望着天花板沉默了一会儿，有些心烦地抓起旁边的书扇了几下，感觉后背热得很不舒服，心里很想翻身换一个

姿势侧躺着。我放下书转过头望着右面的床头柜，抬起右手伸到床边紧紧地抓住床沿，微微张开口深吸一口气鼓足劲儿，想用力往右面翻身侧躺着，可我的背就像被床牢牢地黏住一样，仍然紧紧地贴在热烫烫的凉席上，丝毫都没有分离开。"唉！"我张开口一边喘着憋在胸口的气，一边松开抓着床沿用力后变软的手，感觉心脏怦怦地加速在跳，额头上也渗出许多细密的汗珠，累得似乎全身的力气都用尽了。不知从什么时候开始，这个怀孕前很容易的翻身动作，随着怀孕时间的增加，变得越来越费力而又艰难了。

我喘着粗气休息了一会儿，感觉心脏没有跳那么快了，右手也没有那么软了，又转过头望着床头柜，心里很想又往右面翻身侧躺着。我深吸一口气又鼓足劲儿，抬起右手又伸到床边抓紧床沿，正想又使劲往右面侧翻身，这时腹中的胎儿突然动了一下，仿佛是在用力踢我，把我的肋骨踢得很疼。"哟！"我疼得皱着眉松开抓着床沿的手，轻轻放在腹上捂着胎儿动的位置，心里想：不行，我不能太用力翻身，万一不小心翻过去压着孩子怎么办？我垂下眼睫毛望着凸起的腹部，担心用力翻身时不小心压到孩子，决定还是坚持在床上平躺着，只有这样才能保证孩子的安全。我一边用手轻轻地抚摸着腹部，一边在心里对孩子说："宝贝，乖乖地别乱动啊，妈妈也不乱动了……"

我一动不动地平躺在湿热的凉席上，默默地在心里和孩子说了一会儿话，又抬起眼偏着头向左面的窗外望去，一边默默地想着一些事情打发时间，一边在闷热中等着母亲和妹妹回来。

把无助藏在心里

夜幕悄悄地降临了，窗外的景物渐渐变得模糊不清。

我坐在窗前的写字台边接完电话，缓缓放下贴在耳边的电话听筒，抬起眼若有所思地望向窗外，心里还想着姨妈在电话里问我的话："你妈的手好些了吗？你快生了吧？……"这些问题让我感到很沉重，想到母亲的手久治不愈，而我又临近预产期了，很多事情我都没有办法解决，心里感到很无奈，也很难过。

窗外的院子里传来"哗哗"的流水声，小温正在外面的水池边洗衣服，他今天下午没有上班，就坐车回家看我了。他平时很少回来一次，因为他的工作很忙，在工地又不能经常请假。

"妈的手什么时候才会好呢？我离预产期越来越近了，到时候谁在医院照顾我和孩子？小温不能耽误工作来照顾我，他要是请假的时间太长了，就会被工地开除，他不能失去这份工作……"我望着窗外的远处轻声叹了一口气，收回目光望着面前的写字台，看到妹妹折的那瓶幸运星，默默地在心里想：到时候让妹妹在医院照顾我吗？可是妹妹一个人照顾不了我做手术，她也不会照顾刚出生的孩子，而且家里有这么多事情需要她做，我该怎么办？我该怎么办？……我越想越感到无助和难过，心里忍不住有一种很想哭的感觉，眼泪抑制不住地从眼眶里流了出来。

这时，小温走进屋来拿晾衣架，他看见我在流眼泪，走过来弯下腰抱着我的肩，关心地问："怎么了？哪儿不舒服吗？"

我慌忙抬起手擦了擦脸上的眼泪，不想让他看见我在哭，支支吾吾地说："没有……我没有哪儿不舒服。"

"那你怎么哭了？"小温满眼担心地看着我，不放心地又问。

"我……"

我缓缓抬起模糊的泪眼望着他，欲言又止地哽咽了一下，闭着口没有回答他的话。我本来不想让他知道我心里的忧虑，不想让他也为这些事情感到担忧，可看到他满眼的担心，我怕他会胡乱猜想什么，又找不到让他放心的理由，犹豫片刻后，轻轻张开口对他说了实话："不知道妈的手什么时候才会好，我快生了，你又在工地上班，我不知道到时候该怎么办……"我垂下睫毛望着地上的某一处，眼泪不自觉地又涌出了眼眶，顺着脸颊轻轻地滑落下来。

"别担心，妈的手很快就会好。"小温把我拥在怀里一边安慰我，一边抬起手为我擦脸上的眼泪。

我偏着头靠在他温暖的胸前，难过地又说："我怕我生孩子的时候，妈的手还没有好，那怎么办？"

小温沉默不语地想了想，轻声对我说："要不，我不去上班了，留在家里照顾你。"

我眼泪汪汪地抬起头望着他，看到他脸上有些忧虑的神情，一下子明白了他的想法——他之所以想到不去上班，完全是为了能留在家里照顾我，他这是没有办法的办法。我眨了眨闪着泪光的眼睛，心里既想让他留在家里照顾我，又想到他不能失去挣钱养家的工作，一时不知道该说什么。我难过地低下头望着地面，在不舍和理智之间犹豫了片刻，轻轻地深吸一口气，抬起头装作没事似的对他说:"可能到时妈的手会好的,你放心去上班吧。"

"可我走了,你怎么办?"小温不放心地看着我说。

我强忍着心里的不舍和难过,低下头靠在他胸前故作坚强地说:"家里有妹妹照顾我,你别担心。"

小温没有接着我的话说什么,他闭着口沉默了片刻,轻声对我说:"那我等你去医院的时候,再请几天假回来照顾你。"

"嗯!"我抿着唇用鼻音轻轻应了一声,没有抬起头看他,不想让他看到我眼里打转的泪水。

小温似乎没有觉察到我心里的难过,他把我拥在怀里没有再说什么。我闭上眼静静地靠在他温暖的胸前,心里很想让他留在家里照顾我,可又不能让他知道我心里的想法,不能让他留在家里照顾我,因为他不能不去工作,我们没有多少积蓄,需要他去工作挣钱来维持生活,而且到医院做剖腹产需要很多费用,我只能对他隐藏真实的想法,只能让他回工地去上班。

无法预知的结果

半个月后的一天晚上,月亮悬挂在点缀着星星的夜空中,静静地守望着宁静的大地。

我睁着眼侧躺在床上面对着窗户,若有所思地凝望着夜空中的月亮,静静地回想着一位医生对我说的话:"你的身体不是很好,而且骨盆有些异常,为了你和孩子的生命安全,你只能

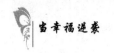

做剖腹产……"想到明天就要去医院做剖腹产手术，我心里感到有些紧张和害怕，不禁想起小时候治腿做手术的情景：摆放着各种医疗器械的手术室、冷冰冰的手术台、亮着惨白灯光的无影灯……这些深刻在我记忆中的手术画面，就像放电影一样在我脑子里闪现，使我心里的紧张感变得越来越强烈。我害怕地闭上双眼深呼吸了一下，一动不动地躺在床上抓着被子，不敢再想那些让我感到恐惧的画面。

"你的脊柱有些侧弯，可能不好打麻药，最好去人民医院做剖腹产手术，那里的医疗设备齐全，到时万一发生什么意外情况，好及时抢救……"我闭着眼静静地躺在床上，脑子里停止了那些可怕的手术画面，可医生的话仍然在耳边回响着，使我紧张的心里更加忐忑不安。我忧虑地睁开眼又望着窗外，担心地想：医生让我去人民医院做手术，可能并不只是不好打麻药的问题，也许还有什么危险的情况，不然医生不会让我去最好的医院，也不会考虑到抢救这个问题……我胡乱猜想着医生的意思，想象不到将会面临什么意外情况，只感到心脏在怦怦地乱跳。

窗外的远处传来几声汽车的喇叭声，随之有一束汽车灯光从窗外射进来，照在黑乎乎的墙上一晃而过。

我忐忑不安地翻过身平躺在床上，抬起双手捂着有些透不过气的胸口，想换一个姿势缓解一下紧张的心情。我望着面前这束在黑暗中闪过的光，忽然想起电视里抢救病人的画面：戴着氧气罩生命垂危的病人、进行心脏复苏术的医生、守在抢救室门外焦虑的家属……不要想了，不要想了，我不会有什么意外的！我恐惧地闭上眼在心里喊，强迫自己停下脑子里的画面，不敢继续往下想。

这时，睡在旁边的小温发出轻微的呼噜声，他似乎没有一点儿忧虑不安，又似乎是忙碌了一天太累了，躺在床上一动不动地睡得很熟。

我慢慢睁开眼偏过头望着他，心里很想告诉他我害怕做手术，很想听他说几句安慰我的话，可看到他睡得这么熟，又不忍心把他叫醒，也不想给他增加思想负担，只想让他安安稳稳地睡觉。我微微张开抿着的唇深呼吸了一下，轻轻抬起右手牵着他胸前的左手，想从他宽大的手掌中获得一种力量，一种能支撑我面对手术的力量。

我静静地牵着小温的手，满心忧虑地想着一些事情，突然感觉腹中的孩子用力动了一下，似乎是在用小脚使劲踢我，把我右侧的肋骨踢得很疼。我轻轻放开牵着小温的手，把手缩回来捂着胎动的位置，一边轻轻地抚摸着，一边悄悄地在心里对孩子说："宝贝儿，你是在鼓励妈妈吗?"我自我安慰地猜想着孩子动的意思，欣慰地想象着他（她）可爱的样子。是啊，只有我躺到了手术台上，孩子才能来到我身边……我抚摸着肚子轻轻地深呼吸了一下，想到做了手术就能见到孩子了，心里的紧张和恐惧感随之少了很多。

我慢慢地偏过头又望着窗外的夜空，看见月亮困了似的缓缓躲进了云层，只剩下几颗稀疏的星星在天上闪烁。我若有所思地望着星星沉思了一会，轻轻地闭上了有些疲倦的双眼。

第十六章

历尽艰辛换来幸福

再次住进了医院

六月下旬的阳光很强烈，还不到九点钟，就把大地烤得像蒸笼一样热。

汽车到站后，小温和母亲推着我走了半个多小时，才来到区人民医院的大门口。我在烈日下缓缓仰起流着汗的脸，眯着眼睛望着面前这栋住院大楼，看到那一间间未关严玻璃窗的病房，不禁想起小时候治病住院时的情景：充满药水味儿的病房、让人感到恐惧的手术室、带给我疼痛的医疗器械……我又要住进充满药水味儿的病房了，又要做手术了，又要躺到冰冷的手术台上了。想到要住院做手术，我不但没有即将成为母亲的喜悦，心里反而有一种强烈的惧怕感。我忐忑地眨了眨望着住院楼的眼睛，心里紧张得有些不想继续往前走，可又不能叫小温和母亲停下来，于是用手捂着心跳有些快的胸口，低下头闭上眼深呼吸了一口气，然后又抬头望着越来越近的住院楼。

电梯载着我和小温、母亲来到了三楼妇产科。我见一些护士在走廊里忙碌地走着，还有几个孕妇由家属扶着走得很慢，只有我是唯一一个坐轮椅的孕妇，被小温推着慢慢地往医生办公室走。一些从旁边走过的人都看着我，他们的目光中带着一种诧异，似乎没有看见过坐轮椅的孕妇。他们怎么都看着我呀？是我大着肚子坐在轮椅上很难看吗？还是没有见过坐轮椅的孕妇？我微低着头望着面前的地板，悄悄猜想着他们的目光，心

227

里有些紧张而又窘迫地想，他们一定觉得我这个样子很好笑，一定在想我走不动怎么还怀着孩子……我越想越感到慌乱不安，感觉身边那些异样的眼光总盯着我，盯得我很不自在，我目光躲闪地把头垂得更低，心里变得更加紧张不安。

小温推着我走进医生办公室，一位姓全的医生热情地接待了我们，她亲切的态度和微笑，使我心里的紧张感减少了许多。全医生询问了我怀孕的一些情况，坐在办公桌边写好相关记录，站起身引着我们来到了一间病房，让小温先把我抱到一张病床上躺着，然后带着小温和母亲去办住院手续。

我独自平躺在病床上，缓缓移动目光环视着陌生的病房：白色的墙壁、蓝色的窗帘、干净的碎花床单……我偏着头望着病床上铺的碎花床单，闻到一股淡淡的消毒液味道，忍不住用手捂着嘴打了一个干呕，我抑制住有些想吐的感觉，转过头望着右面未关严的门，静静地等着小温和母亲回来……

下午，全医生给我做完一些身体检查，另一位医生又推着 B 超机走进病房，给我检查胎儿的情况。

我闭着口一动不动地躺在病床上，偏着头望着站在旁边的医生，看到他动作熟练地操作着 B 超机，默默地在心里想：还是刚怀孕时做过 B 超检查了，在家里没有条件做检查，家人也没有办法带我去医院，这么久都没有检查过孩子的情况，不知道孩子在肚子里发育得怎么样，会不会有什么问题……我有些担心地想着胎儿的情况，转过头望着亮着日光灯的天花板，双手放在胸前不自觉地抓紧衣襟，心跳不由自主地变快了很多。

"你别紧张，我们知道你行动不方便，特意把 B 超机搬到这里来给你检查，不要担心什么。"医生看到我有些紧张的样子，语气温和地对我说。

我偏过头望着站在旁边的医生，听到他这么说，嘴角勉强牵动出一丝放心的微笑，感激地轻声应了一句："嗯，谢谢！"

　　医生在 B 超探头上涂了一些耦合剂，又轻轻地把探头放在我的肚子上，动作轻缓地在我肚子上移动着，认真地仔细检查着胎儿的情况。

　　我垂下眼睫毛望着裸露着的肚子，目光随着医生手里拿着的探头也在肚子上缓缓地移动着，心里还是有些担心地想：不知道孩子在肚子里的情况怎样？身体长得好不好？有没有什么异常现象？我悄悄地想着这些从未想过的问题，心里随之变得越来越紧张不安。我抿着唇轻轻地深呼吸了一下，默默地在心里祈祷：但愿孩子的情况一切都正常，不会有什么不好的情况……我闭着口转过眼又望着医生，想从他的神情里获知胎儿的情况，可我除了看到他专注地盯着 B 超屏，其他的什么都没有看出来。

　　这时，小温和母亲买东西回来了，他们看到医生正在给我做 B 超检查，没有开口说话，似乎怕影响了医生给我做检查，只是不声不响地站在旁边看着，静静地等待着检查结果。

　　过了一会儿，医生给我做完 B 超检查，转过身对我们说："胎儿发育得很好，情况一切正常，明天就可以做手术。"

　　我望着旁边的医生，听到他这么说，忐忑不安的心这才安稳下来。我微微张开口放心地舒了一口气，转过头望着旁边的小温和母亲，看到他们听了医生的话，脸上也展露出放心的笑容。

　　小温走过来坐在床边牵着我的手，满眼喜悦地看着我，似乎高兴得不知道该说什么。我望着他欣慰地微笑了一下，轻轻垂下眼睫毛望着凸起的肚子，喜悦而又期待地在心里想：明天就能看到孩子了，他（她）的样子一定很可爱……

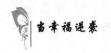

手术室里的意外

第二天上午八点过，我被几个护士推进了手术室。

明亮的手术室里充满了消毒液味，我紧张不安地躺在冰冷的手术台上，缓缓移动着目光环视四周：亮着惨白灯光的无影灯、靠着手术台的心电监护仪，放着手术工具的器械台……我望着眼前这些让我害怕的东西，想到马上就要进行手术了，心里充满了越来越强烈的恐惧感。

两个护士站在旁边给我脱掉衣服，扶着我慢慢地翻过身侧躺着。另一位麻醉师走到我身后，一边和旁边的护士说着话，一边准备给我打麻药。

我侧躺在手术台上望着心电监护仪，一动不动地配合着麻醉师打麻药。我看不见身后的麻醉师，只感觉他的手在我脊柱中间按了按，又慢慢地往下移到腰椎上捏了捏，好像是在寻找适合打麻药的位置。"小时候做手术打麻药时也是这样，麻醉师的手好像都一样，似乎要把我的脊柱骨节挨着数几遍，然后才能准确地下针……"我感觉到麻醉师的手沿着我的脊柱，慢慢地从上端摸到尾部，又慢慢地从尾部摸到上端，不禁想起小时候治腿做手术的情景，心里既对这个情景感到熟悉，又对这个情景感到害怕，害怕麻醉师下针时那种钻心的疼。我紧张不安地垂下睫毛闭上眼睛，心里明明害怕得想翻身换一个姿势，可又理智地意识到自己不能动，只能这样静静地侧躺着。

麻醉师的手在我的脊柱上找来找去，许久都没有下针，最后反而从我脊柱上移开了。我感觉到麻醉师的手从背上移开了，有些纳闷地睁开眼望着面前的护士，突然间想起一位医生对我说过的话："你的脊柱有些侧弯，做手术可能不好打麻药。"想到这里，我心里顿时"咯噔"一下缩紧，一种不好的预感瞬间从心里冒出来：难道真的打不了麻药？要是真的打不了麻药，那怎么办……我咬着唇恐慌不安地越想越害怕，一种强烈的紧张感深深地席卷了我。

冷飕飕的手术室里变得很安静，旁边的护士和麻醉师都没有说话，他们沉默不语地做着什么，似乎并没有注意到我心里的紧张，又似乎是在想办法给我打麻药。

过了一会儿，麻醉师在身后小声地说了一句什么，几位护士又扶着我翻过身平躺着。我紧张不安地望着旁边的麻醉师，正想问他什么，这时他语气犯难地对我说："你的脊柱有些侧弯，不好打麻药。"

听到麻醉师这么说，我整颗心都紧张得怦怦乱跳，一下子意识到这个问题很严重，惊恐地急忙开口问："那怎么办？"

麻醉师有些难回答似的沉默了片刻，轻声说："做手术的时候，我们尽量让你感到不痛。"

听了麻醉师的话，我睁大双眼目瞪口呆地望着他，脑子里顿时嗡的一下，怦怦乱跳的心瞬间提到了嗓子眼，仿佛感觉自己快要死了一样恐惧。"不打麻药？做手术不打麻药？天啊，这能不痛吗？"我惊恐不安地望着面前的无影灯，脑子里突然想起小时候在医院治腿，有一次医生没有给我打麻药，就直接拔出我腿里的钢针，痛得我到现在还没有忘记那种滋味，吓得几乎全身都瘫软了。我恐惧地垂下睫毛闭紧双眼，不敢看身边准备

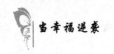

手术的医护人员，也不敢想象不打麻药做手术会怎样，只想立刻从手术台上爬起来逃出去，可我躺在手术台上根本无力爬起来，只能像即将"行刑"的囚犯一样等"死"。

我闭着眼忐忑不安地躺在手术台上，想到紧张的情绪对腹中的胎儿不好，故作勇敢地在心里安慰自己：放松，放松，别吓到了肚子里的孩子……医生会有办法的，一定会有办法的……我努力控制着自己紧张的情绪，可心脏还是在恐慌中怦怦乱跳。

这时，一个护士突然推开手术室的门，快步走进来说："来了，麻醉专家来了。"

听到护士"报喜"似的说话声，我急忙睁开眼偏着头，往左面的手术室门口望去，看见一位穿着手术服的人正走过来，她和其他的医护人员一样，也戴着蓝色的帽子和口罩，唯一不同的是她戴着一副眼镜。"她是来给我打麻药的吗?"我望着面前这位陌生的麻醉专家，猜想着她的来意，仿佛从死亡线上看到了生存的希望。

"你别担心，我们为你请来了麻醉专家，还特意为你多安排了几个护士，手术不会有问题的。"主刀医师走到我面前，语气亲和地对我说。

我听了她的话，心里的紧张和不安这才减少了一些。我望着面前的医护人员，轻轻地深吸了一口气，在她们的帮助下又翻身侧躺着，静静地配合着麻醉专家打麻药。我一动不动地在手术台上躺着，连呼吸都控制得很轻缓，生怕稍微动一下身体的某个部位，就会导致麻醉专家打不了麻药。"希望麻醉专家能给我打好麻药，千万别再出什么问题。"我闭着眼一边默默地在心里祈祷，一边任麻醉专家用手按捏我的脊柱。我看不见身后那只手的动作，只感觉到那只手沿着脊柱按了几下，慢慢地在腰椎上停下来，随后腰椎上传来一阵被针刺的痛，一股凉凉的药水注入了我的体内。

"好了，躺平吧。"麻醉专家给我打好麻药，和护士一起扶着我翻过身平躺着，然后把我的手和脚固定在手术台上，准备做手术。

我望着遮挡在胸前的深绿色无菌单，有些紧张地抿着唇闭上眼，静静地配合医生做手术。

终于见到孩子了

手术室里开着空调，冷风悄无声息地从通风口吹出来，使整间手术室都有些冷。

我平躺在手术台上望着无影灯，听到旁边的医护人员拿器械的响声，还有他们小声说着与手术相关的话，心里充满了紧张和恐惧，感觉两只手都在微微地颤抖。

"平时都是你父母照顾你吗？"一个护士站在旁边问我。

我偏过头望着她，声音有些发颤地轻声回答："是的……还有我妹妹。"

"你很幸福，家人对你这么好。"那个护士语气温和地又说。

我张开口正想对她说什么，突然感到腹部一阵揪心的胀痛，仿佛有什么东西在使劲按压肚子，肚子胀痛得就像快要破裂了一样，疼得我皱着眉头咬紧唇说不出来话。我转过眼望着胸前挡着的无菌单，想看看前面的医生在做什么，可我看不见被无

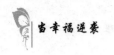

菌单遮挡着的医生，也不知道她们在做什么，只能紧紧地咬住嘴唇忍着痛。

"哇——哇哇——"手术室里突然响起一个婴儿的哭声。

我闭着眼昏昏沉沉地躺在手术台上，迷迷糊糊地听到婴儿的啼哭声，仿佛是一股力量把我从昏睡中惊醒："孩子……孩子……"我努力动了动一双沉重的眼皮，竭力扬起睫毛睁开有些模糊的双眼，望着面前那盏照射着我的无影灯，仿佛感觉是在梦境中一样。"哇——哇哇——"婴儿响亮的哭声充满了整间手术室，那么醒耳而又真切，让我清醒地感觉到这不是在做梦，我甚至感觉到孩子就在身边。"孩子，我的孩子，一定是我的孩子出生了！"听到那一声声近在身边的啼哭声，我心里顿时涌起一阵欣喜和激动，我有些无力地偏过头向前面望去，迫不及待地想看到刚出生的孩子，可胸前的手术无菌单挡着我的视线，我看不见在前面啼哭的孩子。

"孩子怎么了，怎么哭得这么厉害？是不是出了什么问题？难道……孩子生下来不健康？"我听到孩子那一声声竭力的啼哭，一下子想起一个人对我说过的话："有些健全人生的孩子都缺胳膊少腿，你走不动，以后生的孩子不知道正不正常……"想到这里，我心里顿时一阵紧张，忐忑不安地又想：难道孩子生下来真的有什么问题？真的不健康？我有些恐慌地闭上双眼不敢睁开，害怕看到一个不健全的孩子，心脏就像失去了规律一样怦怦乱跳。

"恭喜你，生了一个女儿，"主刀医生抱着孩子走到我身边，微笑着对我说，"孩子很健康！"

听到医生这么说，我在紧张中迅速扬起睫毛睁开双眼，偏过头望着她怀里抱着的孩子，看到孩子赤裸的身上还粘着血迹，她闭着眼张着小嘴一边不停地啼哭，一边不停地扭动着小手和小脚，样子比我想象中的大了许多，模样也比我想象中的更可爱，心里顿时充满了惊喜。孩子，我的孩子……这就是我辛苦怀了八个多月的孩子！我偏着头望着眼前刚出生的孩子，看到她这么健康，而且又这么可爱，激动得不禁热泪盈眶。

"来，跟孩子亲亲吧！"主刀医生说着，轻轻地将孩子的小脸贴在我脸上。

我微笑着望着跟我脸贴脸的孩子，感觉到了她身上温热的体温，这种温度迅速在我脸上扩散开，瞬间传输到我身体的每个部位，温暖了我原本有些冷的身体。宝贝，我的宝贝，妈妈终于见到你了！我满眼喜悦地凝望着身边的孩子，心里充满了欣慰而又幸福的感觉，一下子全忘了手术带给我的疼痛，也忘了手术室里让我害怕的一切，眼里和心里都只有孩子的模样。

"你现在不用担心了，孩子很健康，也很可爱。"主刀医生语气亲和地说完，转身抱着孩子去洗澡。

我欣慰而又幸福地微笑了一下，目光跟着医生怀里的孩子移动着，我想一刻不离地看着孩子，可我感到头越来越昏，眼皮也越来越重，一种无法抗拒的倦意深深席卷了我，使我不由自主地垂下睫毛闭上双眼，又昏昏沉沉地睡去。

幸福在心里蔓延

第二天上午，灿烂的阳光透过玻璃窗照射进病房，把整间病房都照得很亮堂。

　　我躺在病床上慢慢睁开眼醒来，感到头有些昏沉沉的，全身都软弱无力。我轻轻眨了眨有些模糊的眼睛，缓缓移动目光环视着四周：浅蓝色的窗帘、放着药品的床头柜、滴着液体的输液器……我望着床边滴着药水的输液器，顿时想起自己昨天做了剖腹产手术，这才知道自己昏睡了一天。

　　孩子，我的孩子呢？我忽然想起在手术室里哭的孩子，想起我昨天看到她的最后一眼，有些无力地偏动着头，用焦急的目光在病房里寻找孩子。

　　"小玲，你醒了啊，"小温坐在旁边的椅子上见我醒了，连忙站起身弯下腰关心地问我，"想不想喝点儿水？"我有些无力地轻轻摇了摇头，没有精神回答他的话，也没有力气回答。

　　我闭着口用力把头慢慢地偏向右面，将目光落在旁边的婴儿床上，从护栏间看到孩子睡得很安稳，一颗牵挂着她的心这才放下来。我偏着头想用力把头从枕头上抬高些，想看看被护栏挡着的孩子的小脸儿，可我的头却变得很重，重得根本无力抬起来。我轻轻动了动盖在毯子下面的右手，想抬起手来托着头抬高一些，可我的手就像还没有从昏睡中苏醒，软绵绵的根本就抬不起来。我深吸一口气咬紧唇鼓着劲，竭力将上半身往右面倾斜，又试图把头抬高一些，可这个平常很容易做到的动作，对于手术后醒来的我来说却如此难，不管我多么用力，还是无法把头抬起来，我无力到完全不能控制自己的身体，只能偏着头望着旁边的婴儿床。

　　这时，母亲提着暖水壶从门外走进来，她见我偏着头盯着婴儿床，似乎知道我在想什么，轻声对我说："孩子很好，睡得很香。"

　　"妈，把孩子抱过来我看看。"我望着婴儿床里的孩子，轻声对母亲说。

母亲走到婴儿床边，轻轻地抱起孩子走过来放在我身旁，我偏着头满眼疼爱地注视着孩子，发现她竟变得和昨天有些不一样了——她穿着一套合身的粉色婴儿服，全身都干干净净的，裸露在衣服外面的皮肤白里透着红，比在手术室刚出生时更可爱了。我欣喜地望着身边的孩子笑了笑，不眨眼地仔细凝视着她的模样：红彤彤的小圆脸就像苹果似的，两条弯弯的细眉就像月牙儿一样，一双眼睛紧紧地闭合成了两条线，那长长的睫毛微微翘着，在月牙儿似的眉毛下显得很好看，还有那挺拔的小鼻子和樱桃小嘴，看上去就像是一个可爱的洋娃娃。

宝贝，我可爱的宝贝……我目不转睛地凝视着身边的孩子，看到她这么健康而又可爱，心里充满了欣喜和欣慰。我轻轻动了动挨着孩子的右手，想抬起来摸摸她的小脸，可我的手软得一点儿也抬不起来，我垂下睫毛看了看无力的右手，又抬起眼望着身边的孩子，用疼爱的目光轻抚着她。

我若有所思地望着身边的孩子，不禁想起怀她时的艰辛和痛苦：严重的妊娠反应使身体不好的我，常常心慌头晕；频繁的胎动使我常常感到肋骨疼痛，只能长时间平躺在床上；胎儿渐渐长大，使我想翻一下身都十分困难……都过去了，这些都过去了，我终于坚持过来了，终于生下了这么健康可爱的孩子！我抿着唇轻轻地深呼吸了一下，双眼发热地望着孩子欣慰地笑了。

"你看，我们的孩子真可爱！"小温面带微笑望着孩子一边对我说，一边用手轻轻地抚摸着孩子的小脸，眼神里充满了对孩子的疼爱，似乎并没有注意到我心里想的事情。我转过眼望着旁边的小温，没有接过他的话说什么，不是在怪他只顾孩子，而没有安慰我，而是看到他凝视孩子的那种眼神，感觉到他心

里充满了喜悦和满足。看到他这么喜爱孩子，我不想让他知道我所承受的艰辛，只想让他享受这份喜悦和幸福。我轻轻眨了眨望着小温的眼睛，抿着唇欣慰地微笑了一下，转过眼又望着身边的孩子，心里也充满了无尽的欣喜与幸福。

我和丈夫、女儿

第十七章

温暖生命的感动

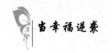

让我感动的探望

2006 年春天的一个下午，明媚的阳光暖暖地照耀着大地。

我坐在院子里望着对面的小路，看到妹妹领着十几个人越走越近，心里有些意外而又激动地想：团区委副书记只说她要来看我，怎么还有那么多人呢？我不知道那些人是谁，目不转睛地望着他们走过来。

"请进来吧，我姐姐在院子里呢。"妹妹领着他们一边从门外走进来，一边客气地说。

我望着跟随妹妹走进来的一行人，看到他们有的穿着西装提着包，有的戴着"志愿者"帽提着几包书，有的扛着摄像机正在录像……这些人我一个都不认识，也不知道他们的身份和名字，我只认出了其中那个披着卷发的人——团区委副书记李燕，虽然之前我只见过她一面，但她美丽的身影和亲切的态度，给我留下了很深的印象。我微笑着急忙推着轮椅迎过去，高兴而又热情地对她说："李书记，您好，欢迎您!"

"卢玲，我们来看你了，"李燕副书记微笑着和我握了握手，站在身边给我介绍着面前的其他人，"这位是江津新华书店的张经理，这位是江津二中党委的陈书记，这位是江津二中德体处的辜主任，这两位是江津电视台的记者，这些同学是江津二中学生会的代表，他们知道你的事情后都很感动，都想来看看你。"

240

听了李燕副书记的话，我心里顿时充满了温暖和感动，我没有想到，她会带这么多人来看我，也没有想到，还会有电视台的记者，更没有想到，新华书店的经理和学校领导也会来。我端坐在轮椅上微笑着望着他们，一下子竟不知该说什么才好，只是感激地对他们说："欢迎你们，谢谢你们来看我！"

　　张经理双手提着一摞新书走过来，亲切而又真诚地对我说："卢玲，你刻苦自学的事情让我很感动，以后需要什么书，就告诉我们，我们将免费为你提供学习所需的书。"张经理说着，在我旁边的一张凳子边弯下腰，把手里提着的书轻轻地放在上面，他似乎知道我没有力气拿这么多书。

　　我望着面前这位和蔼可亲的张经理，听到他说以后将免费为我提供书籍，心里感到非常高兴和激动，因为书是我学习最需要的东西，这也是我一直没有办法解决的困难——由于我行动不方便，很少有机会到书店去看书，也没有钱买太多书，常常只能因此中断一些学习。我急忙伸出双手握着张经理的手，感激地对他说："张经理，感谢您对我的支持和帮助，我一定会更加努力学习！"

　　这时，江津二中党委陈书记也走到面前，面带微笑对我说："卢玲，你很坚强，你努力自学的精神让我很敬佩！"陈书记亲切地和我握了握手，然后指着旁边站着的几个同学说，"这些同学是我们学校学生会的代表，今天他们代表全校学生来看你，来向你学习，你是大家学习的榜样！"

　　陈书记的话让我感到很开心，同时也激起我心底的一丝沉重，脑子里不禁闪过小时候想跟老师、同学在一起的那种渴望和失落……我没有想到，小时候渴望的这些竟都成真的了，老师和同学竟真的出现在了我身边，我竟真的跟老师和同学们在

一起了。我有些激动地眨了眨发热的眼睛，微笑着望着面前的陈书记和同学们，感动而又感激地对他们说："谢谢陈书记！谢谢同学们！谢谢你们来看我！"

话音刚落，一个身穿校服的同学走过来，端正地站在面前礼貌地对我说："卢玲姐姐，这是我们代表全校同学给您写的信。"他说着，转过身看着另外两个同学展开的信——是两张很大很红的纸，上面写满了一行行醒目的黄色的字，然后认真地读着信上的内容："敬爱的卢玲姐姐，您好！当三月的春风吹拂大地，金色的阳光洒满人间，世上万物从隆冬中醒来，迎接春的来临之际，我们带着全校同学的敬意，来到您家，来到这生机盎然的地方，不为山间的秀丽景色，只为您的刚毅坚韧……"

我热泪盈眶地望着展现在面前的信，认真地听着这位同学声情并茂的诵读，仿佛感觉有许多同学围在我身边，他们的每一句话，都像是此时照射在我身上的阳光，让我感到那么温暖……

第一次应邀进校园

又是一个阳光明媚的下午，母亲推着我走在去往二中的大街上。

我背靠轮椅若有所思地望着前方，想到一会儿就要走进校园了，心里既高兴又紧张地想：不知道学校里是什么样子，同学们会用怎样的眼光看我呢……我默默地在心里想着这些，虽然是受学校邀请而去，但这也是我小时候被学校拒收后，第一次去学校，心里还是有些顾虑。

不一会儿，母亲推着我来到二中学校的大门口，我一眼就看到了二中团委书记——胡雪莲，她正站在这里等候我。我微笑着正想开口跟她打招呼，这时她热情地迎过来，客气地把我和母亲引进了学校。

此时正是上课时间，校园里显得很安静。我一边和胡书记说着话，一边在她的带引下沿路环视着四周：高大的教学楼、宽阔的操场、鲜艳的花草……我满眼欣喜地移动着目光环视周围，仿佛感觉来到了世界上最美的地方，每一处都深深地吸引着我的视线。学校里的环境和景色真美！我望着眼前这个美丽的校园，心里很想让推着我走的母亲停下来，很想驻足在干净的走廊上多看一会，可看到胡书记走在旁边引路，我又不好意思让她停下来，只好用留恋的目光回望着周围的一切。

胡书记引着我刚走进一间教室门口，教室里顿时响起一片热烈的掌声，我抬起眼看见教室里坐满了同学，他们面带微笑目光一致地看着我，似乎早已做好了欢迎我的准备。我有些意外而又惊喜地望着同学们，看到大家脸上都挂着欢迎我的微笑，心里一下子没有了之前的顾虑，只有满心的温暖和欢喜，一时竟激动得不知道该说什么，只是微笑着向他们挥手示好。

这时，胡书记站在旁边对同学们说："同学们，今天的班会活动，我们请来了卢玲姐姐，卢玲姐姐从小就失去了上学的机会，可她没有放弃自己的理想，她通过刻苦自学取得了很多成绩。下面，请卢玲姐姐为我们讲话，大家欢迎！"胡书记的话音刚落，教室里再次响起了热烈的掌声。

我端坐在轮椅上望着面前的同学们，心里突然涌起一种沉

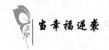

甸甸的感觉，当年被学校拒收的情景、曾经渴望走进教室读书的画面、自学路上艰难跋涉的一幕幕，就像录像一样在我脑子里闪过。都过去了，这些都过去了，我终于来到了学校，终于走进了教室！我抿着唇眨了眨有些湿热的眼睛，轻轻深吸一口气迅速调整好心情，在同学们期待的目光中，给大家讲述着我的自学经历⋯⋯

时间在我的讲述中一分一分地过去，当我有些激动地讲完最后一句话时，同学们又一次鼓起了热烈的掌声。班长双手抱着一大束美丽的鲜花，微笑着走到面前礼貌地送给我说："卢玲姐姐，谢谢你给我们讲了你的自学经历，让我和同学们明白了很多，以后我们一定会努力学习！"班长说着，弯下腰深情地和我拥抱了一下。

我抱着鲜花微笑着看着她，正想开口说什么，这时她有些神秘地又说："姐姐，我和同学们为你准备了一个节目，希望你会喜欢。"

班长的话让我感到有些意外，我不知道她和同学们要表演什么，也没有想到他们会为我准备节目，有些好奇地望着她转过身，然后和其他同学一起走到教室中间，面对着我整齐地排站成几行。我目不转睛地望着他们，正猜想着他们要表演什么，这时，教室里突然响起一首旋律优美的歌："人生路上甜苦和喜忧，愿与你分担所有；难免曾经跌倒和等候，要勇敢地抬头⋯⋯"

听到这首优美的《阳光总在风雨后》，看到同学们在歌声中翩翩起舞，我一下子明白了他们的用心，心里顿时充满了感动和感激，一层热雾迅速升上眼眶模糊了视线。"经过这么多年的不懈努力，我终于迎来了属于我的阳光⋯⋯"我热泪盈眶地望

同学们为我表演歌舞

着面前的同学们，心里很想对他们说些什么，可发哽的喉咙却说不出来一句话，只有感激的泪花在眼眶里闪烁着……

一次采访中的感动

　　一个冬天的下午，寒风呼呼地吹着……

　　区残联的车载着我和电视台的记者，来到一个小区的一栋楼前停下。我下车后坐在轮椅上望着楼梯口，看见一楼住房门前有一个斜坡道，是区残联专门为这户残疾人改建的——这就是我今天来拍镜头的目的地，我要在这里体验无障碍工程的方便。

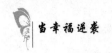

　　跟我们一起来的，还有街道办事处宣传办的宣传干事——苏家奎，这是我和他第一次见面。虽然之前他给我打过几次电话，说他知道我的事迹后很感动，很想见见我，但我以为他和其他想采访我的人一样，只是想挖掘宣传材料而已，等他了解了想知道的一些事情，就不会这么愿意和我在一起了，所以我一路上都很少和他说话，不过还是礼貌地称呼他为小苏哥哥。

　　主人热情地把我们迎进屋后，我坐在客厅里移动着目光环视四周，看见这户残疾人家里装修得很简单，屋里的家具也很少，只有一个木质沙发、两个老式木柜和一台缝纫机最醒目。我偏着头转过眼望向旁边的厨房，正想看看厨房里的东西，这时电视台的记者走过来对我说："他们家的灶台改建得很矮，高度应该很适合你在轮椅上操作，你去那里拿菜刀切点红薯吧，我要拍这个镜头。"

　　听了记者的话，我并没有立刻推着轮椅走过去，而是有些意外而又为难地在心里想：很久都没有拿菜刀切过东西了，我的手本来就没有多少力气，现在还穿着这么厚的棉衣，要动手切生硬的红薯就更难了啊。我没有想到记者会叫我切东西，也没有想到他要拍这个镜头，一时不知该怎么做，有些不好意思地笑着说："我怕我切不动啊。"

　　这时，旁边的小苏哥哥接过我的话，微笑着说："没事，我先帮你切好一些红薯，然后你再拿着刀和红薯做个样子吧。"他说完，转身走到厨房里拿着菜刀切红薯。

　　我目不转睛地望着厨房里的他，心里既感到很意外，又有些感动，原本以为他只是出于好奇才来见我，或者只是为了捕捉一些宣传材料，没想到他竟这么热心地帮我解了困，完全不像我想的那样只是为了工作，心里顿时对他多了一种感激和歉意。我张了张口想对他说些什么，可又不知该说什么才好，只是微笑着望着他切好红薯走过来，然后在他的帮助下，推着轮椅进了厨房。

拍完在厨房里切东西的镜头，电视台的记者扛着摄像机又说："现在去拍门口那个斜坡通道，谁来推她去门口的斜坡上走走？"

我转过头来望着屋里的其他人，想叫谁来推我，见母亲背着一个孩子已经很累了，其他人又不好意思开口叫，一时不知该叫谁来帮忙推我。这时，小苏哥哥主动从旁边走过来，面带微笑乐意地说："我来推吧。"

在小苏哥哥热情的帮助下，我脸上的无助变成了开心的笑容。他慢慢地推着我走到门口，我这才注意到面前的斜坡道不好走，上面有一些防滑的凹槽，轮椅前轮刚滚到上面就被卡住了。我望着斜坡上不好通过的这些凹槽，心里正想着怎样才能让轮椅推过去，这时小苏哥哥推着我转过身，站在后面双手推着轮椅倒退着走。我看不见他倒退着走的样子，但从他一步步慢慢后退的脚步中，感觉到他每一步都走得很小心，似乎担心一不注意就会把我摔倒。前面的记者扛着摄像机对准我和他，专注地录制着这个看似容易的镜头。

在记者跟踪"监视"的镜头下，小苏哥哥慢慢地推着我走下斜坡道，我这才轻松扬起嘴角笑了笑。我以为这个"艰难"的镜头终于拍完了，没想到这时记者扛着摄像机又说："再拍一个推上坡道的镜头，推上来吧。"

小苏哥哥听了记者的话，推着我又往坡道上走，缓慢的脚步显得比下来时更费力，他却丝毫没有表现出不愿意和勉强，

反而微笑着幽默地说："难得有机会推你一次。"

听了他的话，我心里顿时充满了温暖和感动，我觉得自己真的很幸运，竟会认识这么热心而又真诚的哥哥。我转过眼微笑着望着他，眼眶里不禁泛起两道感激的泪光。

夙愿终于实现了

2013 年岁末的一天上午，太阳拨开云层露出了笑脸。

我坐在书桌边接完电话，欢喜而又激动地笑了，脑子里回想着区残联副理事长——李发朝叔叔在电话里对我说的话："我们给你买了一辆电动轮椅，明天下午给你送去，你在家等着。"想到李叔叔说要送电动轮椅给我，我高兴得有些不敢相信地想："我真的拥有电动轮椅了吗？我真的可以坐着电动轮椅自由了吗？这是真的吗？"我心里明明知道这是真的，却忍不住明知故问地这样想，只为在肯定的答案中感受一种真实，一种夙愿成真的真实。

我一直渴望拥有一辆电动轮椅，一直渴望能坐着电动轮椅获得"自由"，可家里的经济条件使我一直买不起，我只能一直把这个心愿藏在心底。我没有想到，上次李叔叔来帮我改建新家通道时，竟主动跟我说起了电动轮椅，也没有想到区残联竟真的会买来送我，我藏在心底的夙愿竟真的实现了。我高兴地转过头望着窗外，想象着电动轮椅的样子，想象着自己坐在上面自由地行走，那么开心自如……

第二天下午，我坐在阳光照射着的院子里，久久地望着对面大门口那条水泥路，满眼期待地等着残联送电动轮椅来。

　　过了一会儿，随着"嘟——"的一声喇叭响，区残联的车从对面的大门外开进来，引来一些好奇的邻居，院子里顿时变得很热闹。

　　"卢玲，我们给你送电动轮椅来了！"残联的吴姐微笑着一边和我说话，一边打开车门走过来。

　　我笑盈盈地望着面前的吴姐，还有跟她一起来的区残联的李姐、周叔叔，高兴地对他们说："吴姐、李姐、周叔叔，你们好！辛苦你们了！"

　　李姐拿着照相机一边在旁边拍照，一边让他们帮忙搬车上的东西。周叔叔转身打开车子的后备箱，我看到里面有一个很大的纸箱，上面规范地印着一些标语，纸箱口被透明的粘胶密封得很牢，一点儿也看不见箱子里的东西。这里面装的一定是电动轮椅！我有些激动地盯着面前这个纸箱，目不转睛地看着他们费力地搬下车，心里迫不及待地想看到里面装的东西。

　　在我迫切而又欢喜的目光下，吴姐动作麻利地打开了这个纸箱，从里面拖出一辆折叠着的电动轮椅，放在地上一边展开，一边对我说："这是我们根据你的身体情况选购的，看看喜不喜欢？"

　　我不眨眼地盯着崭新的电动轮椅，目光完全被它的样子给深深吸引了：蓝色的靠背和坐垫、银色的铝质椅架和踏板、黑色的控制器和电瓶……"我终于有电动轮椅了，谢谢吴姐，我非常喜欢！"我惊喜地转过眼望着吴姐笑了笑，然后又不眨眼地盯着电动轮椅看，心里充满了从未有过的欢喜和激动，如同得到了世上最好的礼物。我兴奋地抓着坐着的轮椅手推圈，急迫地想走过去亲手摸摸电动轮椅，可轮椅下的一处凹地卡住了轮子，我用力推着手推圈也移不动轮椅，只好放开手推圈将手放回到腿上。我不想让大家看出我心里的急迫，微笑着故作镇静地坐在那里，目不转睛地看着吴姐安装控制器。

"喜欢就好，以后你可以一个人坐着轮椅出去了。"周叔叔弯着腰一边调试着电动轮椅，一边对我说。

我微笑着望着周叔叔，感激地接过他的话："是啊，谢谢你们送给我的电动轮椅，让我以后可以自由地行走了！"

我说着，转过眼又望着面前的电动轮椅，心里不禁涌起一种沉甸甸的感觉，有些感触地想：三十二年了，我被轮椅禁锢了整整三十二年，做梦都想有一天能自由地行走，哪怕是坐着电动轮椅，只要我能一个人自由地走出去就好……我垂下睫毛眨了眨有些湿热的眼睛，转过眼望着蹲在地上拧螺丝的吴姐，

我终于能自由"行走"了

高兴而又感激地想：以后我真的可以自由行走了，是区残联的李叔叔，还有各位领导和工作人员，帮助我重新获得了自由！

　　我热泪盈眶地望着面前的电动轮椅，还有专程开车送来的周叔叔、吴姐和李姐，心里充满了对他们的感激，却不知道该对他们说些什么才好，只是含着泪光对他们微笑着。

后 记

在关爱中前行

（一）

2014 年 4 月 10 日，这原本是一个普通的日子，可今天对我来说却是很特别的一天——历经四年的不懈努力与刻苦坚持，我终于完成了这部自传体书稿。此时，朝阳的光辉通过窗户照亮了整间屋，我坐在电脑前望着屏幕上的书稿，内心不禁感慨万千……

我一直很想写一本书，一本记录自己生命历程的书，我想在书中用亲身经历告诉人们：残疾人也可以拥有完整的幸福人生。可我没有上过学，不知道如何写，因此一直没有动笔，一直把这个心愿藏在心里。

直到 2010 年，网友王庭德介绍我认识了一位老师——北京十大志愿者——张大诺，在张老师的耐心指导和帮助下，我才开始了这本书的创作。

为了指引我打开被时间尘封的记忆，为了挖掘出我生命中的闪光点，为了帮助我理清创作的思路，老师每天都从北京给我打来电话，耐心地指引我回想那些成长经历，还有那些难忘的生活点滴。这种特殊的"上课"方式每天一开始，就是三四个小时，有时甚至是六七个小时，老师总是耐心地守在通着电话的那端，耐心地指导我思考一个个问题，直到我想起往事中的一些片段，他就耐心地教我把重点写下来。

一个冬天的下午，老师让我写自己的一个特点，要求用两百字左右描写出来。老师的这个要求并不高，可我想了许久，不但没有写出来，反而完不成似的对老师说："好难啊！"

老师听了我的话，没有生气，也没有放弃，他语气温和地对我说："没事儿，咱们一次不行，就试两次；两次不行，就试三次；还有四次、五次……"说完，老师耐心地继续在电话那端陪着我写。

听了老师的话，我心里顿时涌起一股暖流，瞬间温暖了我原本有些冷的身体。我热泪盈眶地望着面前的电话，仿佛是在望着远方的老师，我想象着此时老师就坐在面前，他用鼓励的目光看着我，面带微笑耐心地陪着我……这一刻，我心里充满了深深的感动和感激。老师从来都没有嫌弃过我进度慢，也从来都没有放弃过我，他一直都关心、鼓励着我，为了帮助我及时解决问题，他不惜耗着自己的长途电话费，不惜耗着自己的精力和时间。从小到大，从来都没有人这样陪伴过我，也从来都没有人这样鼓励过我，更从来都没有人这样指导过我，老师让从来都没有上过学的我，感受到了有老师陪同的快乐，感受到了有老师鼓励的温暖，感受到了有老师指导的幸福。

在老师的耐心指导下，经过一遍又一遍地练习，我终于写出了自己的特点。我把写好的稿子发给老师看后，老师在电话里欣慰地笑着说："不错，不错，写得很好！"

听到老师欣慰的声音，我笑了，眼里闪烁着晶莹的泪光。此时，我心里不仅只有成功的喜悦，还有对老师的深深的感激，

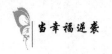

是老师辛辛苦苦教会我如何描写，是老师帮助我一点一点取得进步，是老师耐心指导我写出了每段文字。

许许多多个白天和夜晚，老师都在百忙中抽出时间来指导我，有时，哪怕只是让我思考一个问题，他都会在电话那端陪着我。很多时候，我在电话里听到老师忙碌的声音、急着赶路的声音、疲倦的咳嗽声音……在创作的路上，我就像是一个蹒跚学步的孩子，每迈一步都走不稳，老师始终在身边以保护的姿态，引领着我一步一步地向前走。

2013 年 2 月，我第一次和恩师见面

在这四年的指导和引领中，老师教会我的不只是写作的方法，还有面对生活的积极态度，还有战胜困难的信心和勇气，还有许多许多……老师就像温暖的阳光，照亮了我的梦想，照亮了我的人生之路。

此时此刻，回想起老师所给予我的点点滴滴，我的眼睛不禁又湿润了，我觉得轮椅上的自己真的很幸福，因为我有世上最好的老师。可我却无法写出老师对我的好，也无法表达尽我对老师的感激之情，更无法回报老师为我所付出的一切……写到这里，我怀着深深的感激和想念，转过头又望向窗外的远方，默默地在心里期待着——有一天，还能见到对我恩重如山的老师。

（二）

全身心投入创作的过程中，我感受到了生命的充实和快乐，也体会到了其中的艰辛和不易。

刚开始创作的时候，也是我刚搬到出租房居住的时候。有一段时间，附近的工地正在建设，每天都充满了嘈杂的施工声，使我无法集中注意力写稿子，常常还没有写完上一句话，窗外突然又响起一阵爆破声，把我想好要写的下一句话，顷刻间又惊吓得无影无踪。我只好先捧着一本书看，等晚上工人都下班了，家人都休息了，四周都安静了，再继续写稿子。

许多个夜深人静的夜晚，我一个人坐在电脑前，目不转睛地注视着亮着的屏幕，双手不停地敲击着面前的键盘，认真地写完一段，又写下一段……有时候，明明清晰地感觉到一种心情，我很想用文字表达出来，却想不出一个能准确表达的词语，我只好停下敲击键盘的双手，又拿起放在旁边的词典，慢慢地查阅意思相近的词语，就像顺藤摸瓜一样，直到最后找到意思完全相同的词语，然后又接着写。

写完一些情景后，我转眼看看电脑屏幕上显示的时间，已经凌晨三点多钟了，这时我才注意到，眼睛越来越胀痛了，眼皮也越来越沉重了。我好想趴在电脑桌上睡一会儿，可想到这个小节还没有写完，想到我早一点儿完成，就能减少一些老师等我写稿的时间，就能减少一些老师指导我的电话费，于是我闭着眼使劲甩了甩头，想甩开席卷着我的浓浓困意，然后又睁开眼盯着电脑屏幕，忍着眼睛的胀痛，坚持继续写。

几乎每天早上，我起床漱洗完后（有时甚至顾不上洗漱），

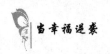

做的第一件事情就是打开电脑，赶紧把半夜里想到的情景写出来。母亲为了不影响我写作，总是悄悄地把早饭端到我旁边。等我写完想到的那些情景，感到肚子饿了时，发现已经快到中午了，旁边放着的早饭早已凉了。

我每天都长时间盯着电脑屏幕写稿，通过坚持不懈的努力，稿子的字数越来越多了，写出来的情景也越来越完整了，可我的眼睛却出了很严重的问题。有一段时间，为了治好眼痛，医生叫我至少停止一周看电脑，我不敢不听医生的话，可又不想耽误写稿子，就想了一个办法——用笔在本子上写稿子，等眼睛好了，再把写在本子上的稿子打进电脑里，这样既可以配合医生治疗眼睛，又可以不耽误写稿子。不能用电脑写作的那段时间，我每天都拿着笔在本子上写稿子，常常一写就是几个小时……随着写在本子上的稿子一页页增多，我弯低着的颈椎也变得越来越痛，就像被定了形一样，我咬紧嘴唇稍微扭动一下，都会有一种钻心的痛。

在写书稿的过程中，我不只要承受身体的疼痛，还要承受心里的疼痛。很多时候，每当清晰地回想起一件往事，每当身临其境地再次陷入，每当一字一句地表达出来，我的心里都会感到很痛，痛得我情不自禁流下眼泪，痛得我没有勇气往下写。可我还是一次次地擦干眼泪，把往事中的一点一滴都写出来了。因为，我想在书中毫无保留地呈现这一切，想让大家感受到我真实的心情，想给有着相同命运的读者一些帮助。

（三）

这本记录我生命历程的书稿完成了，我有太多的感谢想要表达。

　　感谢母亲。在我成长和自学的路途上，她始终无微不至地照顾着我，尤其是在书稿创作的过程中，她更是给了我全心全力的支持。一个冬天的下午，我坐在电脑前写稿子，母亲又提着一桶热水走到我身边，关心地轻声对我说："脚又坐冷了吧，快泡在热水里暖和暖和，这样写稿子身体才不会难受。"母亲蹲在面前熟练地给我脱掉鞋袜，动作轻缓地把我的双脚放进热水里，耐心地给我揉搓着冰冷的双脚。我望着蹲在面前给我洗脚的母亲，看到她眼角的皱纹和疼爱的眼神，想到她三十二年如一日地照顾着我，心里不禁涌起一种沉甸甸的感觉，这种感觉瞬间变成热雾升上眼眶，模糊了我的视线，模糊了母亲的容貌。

　　感谢爱人。许多个傍晚，他下班回来，顾不上工作了一天的疲劳，总会推着写稿子累了的我出去走走。有一天，他下班走了半个多小时回到家，后背的衬衣都被汗水浸湿了，他却没有顾上坐下休息，而是体贴地对拿着笔发呆的我说："写不出来了吗？我推你出去走走吧。"我张开口正想叫他先歇一会儿，可话还没出口，他就推着我往门外走去。爱人推着我慢慢地走在林荫小路上，阵阵夹杂着花香的微风迎面吹来，使我感觉大脑清醒了许多，一个思考了许久都没想出来的问题，竟突然间在脑子里冒出了答案。爱人一直用他的爱支持着我，不离不弃地陪伴着我追逐心中的梦。

　　感谢师母——亓昕。老师为了指导我，还有另外三十多个学生，辞掉了工作，师母不但没有反对，还一直默默地支持着老师，支持着我们这个特殊的团队——心灵史诗。一个冬天的晚上，我正拿着电话听老师给我讲的课，电话那端的讲课声突然中断了，我对着电话听筒正想叫老师，这时电话里传来师母

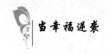

温和的声音："这边出了点儿问题，一会儿你老师再给你听。"听到师母的话，我这才知道，她也还没有休息，还在协助老师一起指导我，心里顿时涌起一种温暖和感激。

感谢哥哥——涂洪波。虽然他不是我的亲哥哥，但在我们认识的这十多年里，他给了我亲哥哥一样的关心和帮助。2011年春节，他到家里来看我，特意给我带来了一样礼物，我意外而又惊喜地打开一看——竟是一支精致的钢笔，我正猜想着哥哥为什么送我钢笔，这时他语重心长地对我说："妹妹，好好完成你的书，期待早日看到你的作品。"我捧着这支让我感到意外的钢笔，望着哥哥饱含鼓励的眼神，眼眶里迅速升起一层热雾，顿时明白了他为什么送我钢笔，明白了这支钢笔代表的是什么。

感谢 TCL 电脑专卖店的售后员工——张树兴。在我认识张哥的这几年里，每次电脑坏了，都是他到家里来帮我修，而且从来都不收费。一个夏天的傍晚，我正在写稿子，电脑突然又坏了，我怕稿子没有了，就赶紧给张哥打电话求助。两个多小时后，张哥满头大汗地赶到了我家，站在主机箱前弯着腰，双手不停地修了半个多小时，才帮我修好了电脑。我感激地对他说："张哥，辛苦你了，真的非常感谢！"张哥一边用手擦着额头上的汗，一边笑着对我说："不用谢，等你的书出版了，给我看看就行。"

感谢中国国际广播电台的主持人——王子聪。2009年，他通过一位听众认识了我，从此给予了我真诚的关心和帮助，给予了我无数的鼓励和支持。2012年1月20日，在外地工作多年没有回过家的他，回到家后，没有顾着好好休息，也没有顾着陪家人，更没有顾着做任何事情，专程坐了一个多小时的车来看我。子聪看到我修改书稿时，发现我不会使用 Word 文档的一些功能，就对我说："我教你使用更简便的方法，这样你改稿子、排格式就会快很多。"他坐在我身边，耐心地给我讲解那些功能的作用，一点一点地教我如何使用，直到我完全学会了，才站起身离开。

感谢重庆华美电力设备有限责任公司老总徐建，副总梁正义。他们在媒体上看到我的相关报道后，给予了我真切地关心和帮助，尤其是得知我的书稿已创作完成，但出版费用还无法筹集时，他们热情地向我伸出援助之手，主动出资帮助我完成出书的心愿。一个烈日炎炎的上午，梁总专程坐车来到我家，特意给我送来他们帮助我出书的资金，他亲切地对我说："这是我们公司徐总的一点心意，希望能帮你早日实现出书的愿望！"我双手捧着梁总轻轻放在我手里的钱，感激地连声说着谢谢，梁总却客气地说："我们只是为你做了力所能及的小事，与其说是我们帮助了你，不如说是你史诗般的事迹鼓励了我们。"我热泪盈眶地望着面前的梁总，心里明明充满了感动和感激，却不知该用什么样的语言来表达，只是含着热泪对他微笑着，默默地将这份恩情铭记于心。

感谢江津区残联理事长——袁焕芬。她像亲阿姨一样关心着我，有时还在百忙中抽时间来家里看我，关切地询问我的生活和学习情况，尽心尽力地帮助我解决困难。在一次电话交流中，她得知我的书稿已创作完成了，正在筹集出版还差的费用时，主动对我说："这个问题你不用担心，剩下的费用我们帮你出。"我双手拿着贴在耳边的电话听筒，意外而又感激地说："袁阿姨，您已经给了我很多帮助，这些费用不能再让您操心了。"她接过我的话，亲切而又真诚地说："这是我们的一点心意，希望能帮助出版你的书，让更多的人学习你自强不息的精

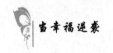

神。"我望着面前亮着通话灯的电话机，听到袁理事长饱含亲切和真诚的话，仿佛看到她支持鼓励我的眼神，心底顿时涌起一种温暖和感激，还有一种勇往直前的信心和勇气。

感谢重庆江津巨能集团董事长——陈昌龙先生。一次偶然的机会，他在残联得知我刻苦自学的事迹后，热心地给予了我生活上的帮助，还有学习上的支持和鼓励。一天中午，他在百忙中抽出时间到家里来看我，关心地询问我的书稿创作情况，还拿出一笔准备好的钱塞到我手里，亲切地对我说："这些钱你拿去买些学习用品，有什么困难就告诉我，我来帮助你。"我垂下眼看了看手里的钱，急忙抬起手把钱递回去，感激地对陈董事长说："陈叔叔，您来看我我已经很开心了，您不用给我钱。"陈董事长执意要把钱塞到我手里，鼓励我说："这是我的一点心意，你努力自学的精神很鼓舞人，好好完成你的书！"听了陈董事长的话，我热泪盈眶地低下头望着手里的钱，仿佛觉得手里捧着的不是人民币，而是一份浓浓的关爱与支持，心里顿时充满了温暖和感激，却不知道该说什么才好，只知道自己有了更加努力的动力。

我要感谢的人，还有许许多多，无法一一提及，在此向所有关心和帮助我的人们，表示衷心的感谢，是你们的关爱和帮助，使我原本艰辛的生命之路变得充满温暖；是你们的鼓励与支持，帮助我实现了一个又一个心愿。

在通往梦想的路程上，我又一次到达了一个站点。接下来，我将带上大家的关爱与支持，继续往下一站出发。

责任编辑:宰艳红

封面设计:林芝玉

责任校对:虹雨校对

图书在版编目(CIP)数据

当幸福逆袭/卢 玲 著.-北京:人民出版社,2015.6(2023.5重印)
(中华自强励志书系)
ISBN 978－7－01－014402－3

Ⅰ.①当… Ⅱ.①卢… Ⅲ.①长篇小说-中国-当代
　Ⅳ.①I247.5

中国版本图书馆 CIP 数据核字(2015)第 011687 号

当幸福逆袭
DANG XINGFU NIXI

卢 玲 著

人民出版社 出版发行
(100706　北京市东城区隆福寺街99号)

北京汇林印务有限公司印刷　新华书店经销

2015 年 6 月第 1 版　2023 年 5 月北京第 2 次印刷
开本:787 毫米×1092 毫米 1/32　印张:8.5　插页:2
字数:180 千字　印数:4,001-7,000 册

ISBN 978－7－01－014402－3　定价:38.00 元

邮购地址 100706　北京市东城区隆福寺街99号
人民东方图书销售中心　电话 (010)65250042　65289539